世に出る前

内角秀人
NAIKAKU Shuto

文芸社

目次

世に出る前

第一章　幼少期・小学校時代

誕生

私、金井博信は昭和四十年三月一日、富山県富山市の産婦人科病院で産まれた。帝王切開によってであった。未熟児だった。町のど真ん中の病院で産まれたのであるが、父は富山市郊外にある母の実家までおよそ十キロの道のりを走って行き、喜びを報告したという。当日は雪が降っていたにもかかわらず、そうしたらしい。

私は元気にすくすく育ったわけではない。母の乳の出が悪く、脱脂粉乳を飲んでいた。そのせいか、虚弱体質になった。また、私が産まれる頃、両親は自営で時計店を開業することを計画しており多忙を極めていた。店は六月十日の時の記念日になんとか無事開店にこぎつけたのであるが、私は母の実家に里子に出されていた。そして半年後、戻された。

私は甘やかされて育った。身内で第一子の長男だったからだ。それで依頼心が強い子供になった。何かあると、すぐに泣いた。弱虫だった。

「あなた、一度、死にかけたことがあるのよ」

母にそう告白されたことがある。

一歳児の時だ。親子三人で夕食をとっていた。おかずはイカの刺身だった。まだ幼かった私が生ものを口にするには、ちょっと早かった。にもかかわらず、しきりに食べたいとねだった私に父が食べさせてしまった。とたんに私は腹痛を起こした。口から泡を吹いたらしい。すぐに近所の小児科病院へ連れて行かれ、入院することになった。医師の懸命の治療の結果、なんとか一命はとりとめた。そして、今がまだあるというわけだ。

時計店の業績はかんばしいものではなかった。町の小さな個人商店である。大資本で実績のある大店舗には敵《かな》いっこなかった。修理や分解掃除などで細々と食いつないでいた。

私が五歳で幼稚園の年長組だった七月に、妹が産まれた。それで家がかなり賑やかになった。妹は可愛かった。その半面、両親の愛情を妹に取られたものだから、私は焼きもちを焼いていた。よく喧嘩した。喧嘩といっても、私が一方的にいじめるのだが。

「兄ちゃんがいじめる」

妹は泣きながら、母親に訴えていた。普段は妹とは仲が良かった。仲が良かった分、反動でしょっちゅう衝突した。

五歳の時、私立の三番町幼稚園に入園した。私の幼稚園児時代の思い出といえば、二年目の年長組の時、学芸会の劇で主役を演じたことであった。演目名は「かもとりごんべえ」。他の園児より老けて見えたので、抜擢されたのであろう。幼稚園児だからセリフなどなく、音楽に合わせて身体を動かすだけである。それでも一生懸命演じた。この頃は思っていることを口にできず、例えばおしっこがしたくても恥ずかしくて先生に言えず、お漏らしをしていたような子供であったが、劇では堂々たる演技をしたものであったと、自分のことながら思う。

富山市立三番町小学校に入学した。身体は相変わらず弱かったが、他と比べて、平均より大きい方だった。各学年二クラスずつの小さな学校だった。ただ、創立百年を迎える歴史ある学び舎でもあった。学年やクラスの隔てがあまりなく、皆、仲が良かった。

私は小学生になっても、風邪を引いてはしょっちゅう休んでいた記憶がある。一、二年生の時は特に顕著だった。家が貧乏であまり栄養価の高い物が食べられなかったせいもある。私は学年で一番遅い三月生まれで、四月五月生まれのクラスメートとは一年近く離れており、その分成長も遅れていた。この年頃の一年の開きは大きい。私は学習面でも運動面においても、かなり後れを取っていた。その分、先生たちの評価も厳しかった。特に運動能力が人より劣っており、皆が好きな体育の時間が苦手だった。そのせいか、内向的な性格で、皆と遊ぶよりは一人で絵を描いたり本を読んだりしている方が好きな子供だった。

小学三年生の時だった。突然元気になった。何が要因かわからない。遅れていた成長が皆に追いついてきたということなのか。

「随分明るくなったわねえ」

皆に言われた。身体も丈夫になり、学校を休むこともなくなった。授業で発言することも多くなった。浮き輪なしで泳げるようになり、補助輪なしで自転車にも乗れるようになった。

同じクラスの松村昭君と仲良くなった。松村君は運動神経が良く、すらっとした体躯で、私から見ても格好良かった。女子に人気があった。最初校区内に住んでいたが、家の都合で引っ越し、校区外から越境通学していた。松村君は両親が共働きで、学校から帰って来ても誰もいなくて寂しそうだったので、私はちょくちょく松村君の家へ遊びに行っていた。同じく仲良くなった小柄な八百屋の長男、井坂健司君も一緒だった。三人でいつも遊んでいた。鬼ごっこをしたり、缶蹴りをしたり、クワガタを捕まえに行ったり、魚釣りをしたりと、いろいろな遊びをした。

「三人で仲良くしているけど、金井君と健司は松村の家来みたいだね」

何かとクラスで目立っていた荒田順君に陰口を叩かれたことがあった。実際、三人の中でリーダーシップを発揮するのは松村君で、私と井坂君はそれに従うという行動を随分していた。たまに松村君の機嫌が悪い時、泣かされた経験も何度かあった。それでも、私は人が何と言おうとあまり気にしていなくて、ただ三人で楽しく遊んでいればよかった。私は松村君の気を惹こうと思って、父に買ってもらった人気キャラクターのピンバッジをプレゼントしたりしていた。

私が野球というスポーツを知ったのもこの頃だった。それは特別なことではなかった。その年頃の男子ならば、当時誰もが野球に熱中していた。外で遊ぶということはイコール野球をするということであったように思える。私も松村君や井坂君と一緒に野球をやる仲間の輪に加わった。

野球との出会い

私が初めて野球に興味を持ったのは、小学三年生になった四月の第二日曜日だった。

その日、幼馴染みで一つ上の田鹿《たじか》修二さんと絵画教室の帰りに小学校のグラウンドに立ち寄った際、そこで校区の町内別少年野球大会が行われていた。ちょうど私たちと同じ町内に住む小学六年生の田久保有信《ありのぶ》さんが出場しており、セカンドを守っては華麗なグラブさばきでゴロを処理していたのが格好良く目に映った。

「僕もやってみたい」

早速父親におねだりして、軟式のグローブとバットとボールを買ってもらい、いっぱしの野球少年気取りになった。それまで病弱で内向的な子供だった私の変貌ぶりに両親は目を丸くさせて驚いていたが、喜んでもいた。

放課後、仲間と示し合わせてホームグラウンドである神社の境内や稲刈り後の田んぼに集まって野球に興じた。小学校のグラウンドは上級生が占領していてまだ使えなかった。二チームに分かれて練習試合ができる十八人はそろわなかったから、五人対五人、六人対六人というように分かれてプレーしていた。クラス対抗戦もよくやった。

松村君は珍しい左投げ右打ちだった。よく外野を守り、走り回っていた。井坂君は右投げで左打ちだった。小柄なので、セカンドを守って機敏に動いていた。私は左利きで、打つのも投げるのも左だったから、守るポジションが限られた。

「金井君、ピッチャーやったらいいよ。コントロール良さそうだし」

松村君に言われた。

私は小学三年生になって、体力的には人並みになったものの、運動神経は相変わらず鈍かった。野球におけるピッチャーは重要なポジションであるが、意外と運動能力に左右されない。鈍くても務まる不思議なポジションだ。私には適していた。毎日疲れ知らずで、夢中でプレーしていた。テレビの野球中継を観るようになり、プロ野球や高校野球でひいきのチームもできた。野球に関することに費やす時間が一日で大変多くなった。私は野球に魅了されていた。

小学四年生になった時、クラス替えが行われた。

「金井君、また同じクラスだね」

「ああ、松村君、よろしくね」

「また三人で遊ぼうぜ」

「健司君もよろしくね」

私と松村君と井坂君はまた同じクラスになった。

「担任は、松つん、か……」

松つん、こと松中幸裕《こうゆう》先生はまだ大学を出て二年目の若い男性教師で、昨年から三番町小学校に勤務していた。大学時代まで野球をやって、腕を鳴らしたらしい。ポジションはキャッチャーだったそうだ。私も含め児童たち、特に男子児童に人気があり、私たちは松中先生になついた。

「先生、野球教えて」

私たちの周りには本格的に野球をやっていた大人はいなかった。松中先生は格好の手本だった。

「いいよ」

松中先生も気軽に応じてくれた。その辺が人気の秘密でもあった。松中先生の野球の技術は本物であった。教師をしているだけあって、教え方も上手《うま》かった。語る理論は整然としていて、淀みがなかった。私たちは教え通りに、必死にトレーニングに打ち込んだ。

「野球もいいけど、勉強も頑張るんだぞ」

松中先生はしばしば口にした。言われなくても、私たちは頑張った。松中先生が大好きだったから。私は三学期、過去最高の成績を収めた。松中先生にはよく褒められた。

「この子は磨けば、ダイヤモンドになる」

家庭訪問で、私の父親はそう言われたそうだ。私はますます頑張った。野球も勉強もやる気になった。

「このまま、五年生になっても松中先生が担任だったらいいのにな」

私はそう思っていた。いや、そうなると思い込んでいた。けれども、そうならなかった。松中先生は私が四年生を修了すると同時に他校へ転任することが決まったのだ。その一報を聞いた時から、私は毎晩泣き明かした。半泣きになりながら、残りの日々を過ごした。私だけではなかった。松村君も井坂君も荒田君も、私の同級生は皆そうだったようだ。大人はどうしてこんな意地悪をするのだろう。私たちの気持ちも考えないで。

「これは決まったことなんだよ」

最後のホームルームで、松中先生は私たちに優しく語りかけた。「出会いがあれば別れもある。人の一生はそれを繰り返していくものです。君たちにもまた新たな出会いがあるでしょう。素晴らしい出会いがあることを感謝してください」と。

三月の最終日曜日。私たち生徒と一部の保護者が集まって、松中先生のお別れ会を学校の教室で行った。私は代表でお別れの送辞を読んだ。最後に皆で記念撮影をした。最高の一日だった。私は松中先生のことを一生忘れないと心に誓った。

小学五年生になった。私は相変わらず野球に夢中だった。新しい担任の先生は松田綾《あや》というおばさん先生で、評判があまり良くなかった。自分が気に入った児童をえこひいきするし、授業中、熱が入ってくると唾を飛ばしてまくしたてるからだ。私はひいきにされなかったので、この先生が嫌いだった。成績も急降下した。それでも構わなかった。

松田先生は生徒に勉強ばかりさせたがった。一週間のうち、月、水、金曜日は放課後遊んではいけないという無茶な規則を作った。私を含め、松村君や井坂君、そして何人かの児童は不服だった。それでその規則を無視して遊んでいた。すると、松田先生のお気に入りの児童に告げ口され、私たちはこっぴどく怒られた。そして、嫌われた。私は一向に構わなかった。松田先生は野球がそもそも好きではないようだった。私は反発するように、野球に没頭した。

小学五年生になると、校区の町内別少年野球大会のチームに加わることができた。全校区で八チームあった。トーナメントで優勝を決めるのである。私は七番レフトで試合に出場した。

一回戦。一度フライが飛んできたが、私は落球してしまった。打つ方でもヒットを打てなかった。チームは一回戦で敗れた。翌年での雪辱を誓った。松村君も井坂君も荒田君もそれぞれ自分の町内のチームで試合に出場していた。松村君は校区外だけれど、昔住んでいた町内のチームで出場していた。

「他校と対外試合がしてみたいのう」

例によって、野球に興じていたある日、誰かが言った。それは当時の皆の心の内を代弁したものだった。私たちが小学生時分はまだ少年野球のチームが組織立っておらず、市で行われる大会などは毎年小学六年生を中心に適当に選手を選抜して出場していた。小学五年生はめったに選抜されなかった。最上級生になるまであと一年。私たちはその一年が待ちきれなかった。自分たちも対外試合をしてみたい。皆そんな願望を抱いていた。その思いで一つにまとまり、それは日増しに強くなっていった。そしてしまいに、抑えきれなくなった。

「俺の幼稚園の時の友達が隣町の七人町《しちにんまち》小学校に行っていてさ……」

隣のクラスの打越《うちこし》誠君が言った。その発言に、皆が色めきだった。やろう。やろう。対外試合をやろう。心が決まった。

早速手筈《てはず》を整えるため、交渉役の代表者を選出し、動き出した。代表者は野球をやる時に常に中心にいる荒田君と決まった。

「ＯＫが出たぞ。向こうもやると言っていた」

交渉は成立したようだ。日時は今週の土曜日の午後一時。場所は私たちの学校のグラウンドで。先攻後攻の取り決めもしてきたそうだ。私たちが後攻だった。

「やったーっ」

私たちは素直に喜んだ。後攻だとサヨナラ勝ちができるからだ。私たちがやっていた試合のレベルでは、圧倒的に有利だった。相手はジャンケンに勝ったのに、なぜか先攻を選んだらしい。土曜日になるのが待ち遠しかった。

試合当日。半ドンで授業が終わり、私たちは一旦家に帰り昼食を済ませた後、学校のグラウンドに集まった。私は少し遅れて行ったので、仲間も対戦相手もすでに来ていた。

「遅くなって、ごめん」

すぐに試合を行うことになった。審判は荒田君のお父さんが務めることになった。私はリリーフで登板する予定になっていた。

私たち三番町小学校のメンバーはこうだ。

一番ピッチャー　荒田順君　二組
二番ショート　横田春義君　二組
三番キャッチャー　島高昭和君　一組
四番サード　田嶋修君　一組

五番ライト　尾越武君　二組
六番ファースト　打越誠君　一組
七番セカンド　本西和重君　一組
八番レフト　庄井猛君　一組
九番センター　松村昭君　二組
補欠　私　ピッチャー　二組
補欠　井坂健司君　セカンド　二組
補欠　戸叶康夫君　ピッチャー　二組
補欠　芳田博君　レフト　一組

試合は私たちが序盤から一方的にリードした。5対1で迎えた四回表、私は荒田君の後を受けて、マウンドへ上がった。左腕を思い切り振って、投げる。凡打の山を築いた。私は六回まで投げ切り、戸叶君と交代した。試合は七回で終了。私たちが7対2で勝った。

「やったね」

私たちは満足だった。だが、後日、勝手に他校と野球の試合をしたことが松田先生にバレて、私たちはこっぴどく怒られた。私はなぜ怒られるのかわからなかった。野球の試合をすることがそんなに悪いことなのか。怒られることをした覚えはなかった。教室の前に立たされたが、英雄にでもなった気分でいた。

その頃の私の毎日は野球で彩られていた。野球をしていない時は、よく近所の書店で漫画本を立ち読みしていた。私は勉強はさほどできなかったが、本を読むのが好きだった。将来の夢は漫画家になること。そう作文に書いたりもした。そのくせ、絵は絵画教室に通ったりしていたものの、それほど上手ではなかった。ただ、一人あれこれ空想にふけることが多かった。学級委員に選ばれるほど優等生ではなく、五、六年生の委員会活動では放送委員会に属していた。

背番号1

この年、貸間兼店舗だった我が家は引っ越しを敢行し、店舗付きの一軒家に移った。築三十年以上の木造住宅を部分的に改築し、前部に鉄筋コンクリートで固めた店舗部分をくっつけた。俯瞰《ふかん》して見るとへんてこな建物であった。住宅部分は中二階のある平屋であった。風呂はなかった。中二階が私の勉強部屋になったのであるが、満足に立つことのできない丈だったので猫背にならなければならなかった。建物の梁がむき出しで、壁や天井などが埃にまみれた家だった。私は一刻も早くこの家から逃げ出したくなった。それでもまだ子供だったので、我慢するしかなかった。

家計は苦しく、母は新聞配達のアルバイトを始めた。私と妹も手伝った。雪の降る大晦日も配達して回った。苦い思い出である。


小学六年生、最上級生になった。

「金井君、中学はどうするの？」

松村君や井坂君と遊んでいると、よくその話題になった。

「どうするって、普通に地元の南海中学へ行くつもりだけど……」

「ふーん、そうか」

だから、特別勉強を頑張るつもりはなかった。今までと変わらず、野球、野球で日が暮れていた。

私は四月の町内別の少年野球大会に、チームのエースピッチャーとして出場し、その時の好投が認められ、学校の選抜チームに入ることができた。背番号1。これは選抜チームのエースピッチャーになったというわけではなく、たまたま私の身体が大きくて、合うユニフォームの背番号が1番だったというだけだった。野球のユニフォームなんて着るのは生まれて初めてだった。嬉しくて、毎晩着て寝ていた。

七月。授業が始まる前の早朝にチームの練習が行われた。私は初日に遅刻をし、罰則としてグラウンドを五周走ることを命じられた。その後は黙々とバッティングピッチャーを務めた。練習では、私はバッティングピッチャーを務めることが多かった。

近くの清田《きよた》小学校と、早朝よく練習試合を行った。練習試合では一度私が先発登板したことがあった。四回を味方のエラーによる1点に抑え込んだが、それでも私はこのチームでは控え選手の扱いのようだった。主戦ピッチャーは荒田君と横田君だった。二人とも運動神経が良かった。

七月の第三週の日曜日に、富山市大会の地区ブロックの大会があった。近隣の小学校四チームで勝ち抜けるのはわずか一チーム。そのチームが富山市大会の本戦に進めるわけだ。腕が鳴った。

私たちの地区は私たち三番町小学校、七人町小学校、清田小学校、柳田小学校という顔触れだった。この中で清田小学校が強豪で、頭一つ抜けているという評判だった。初戦で対戦はしたくない相手だった。清田小学校とは早朝の練習試合で、私たちは五回のうち一回しか勝てていなかった。清田小学校は大型のチームで、投手陣も打撃陣も強力だった。松村君は清田小学校の校区から三番町小学校に通っており、清田小学校に何人か知り合いがいるようだった。

大会当日。会場である柳田小学校グラウンドで、三番町小学校チームの監督をしている自転車屋の山口のおっちゃんが組み合わせ抽選に臨んだのであるが、おっちゃんはその結果に苦笑いを浮かべながら、私たち選手に知らせた。

「一回戦は清田小学校とだ」

いきなり強豪とか……。私は唾を飲み込んだ。決まった以上はやるしかない。私たちは皆、気合いを入れ直した。相手が強豪とはいえ、大会の初戦でおめおめと負けたくなかった。

すぐに試合が始まった。私たちは後攻だった。私はベンチスタート。応援に精を出した。試合は序盤から清田小学校のペース。終始リードを許す展開だった。

「金井、いつでもリリーフできるようにしておいてくれ」

三回が終わって、2対4。私はキャッチボールをしながら試合の行方を見守っていた。このまま清田小学校が押し切るかに思えた。ところが、私たち三番町小学校は反撃した。四回裏に1点返すと、五回裏に2点取り、逆転した。私はいつでもリリーフできる状態にあったが、声がかからなかった。

5対4で、最終回七回表になった。この回はさすがに清田小学校が意地を見せ同点に追いつき、なおもツーアウトながら三塁。この局面で、バッターがショートの深い位置にゴロを打った。やばい、内野安打になりそうだ。が、ファーストが思い切り身体を伸ばして送球をキャッチし、アウトをもぎ取った。逆転許さず。ファインプレーだった。同点のまま、七回裏へ。

ここまで来たら、なんとかサヨナラ勝ちをしたいものだ。打順は八番から。下位打線だ。

「代打だ」

山口のおっちゃんが告げる声が聞こえた。出番か。私はぴくっとした。が、代打を告げられたのは私ではなかった。五年生のバッティングのいい木南省吾《きなみ》がバッターボックスに向かった。私たちは声援を送った。

木南は期待に応えて、初球をジャストミートした。打球は左中間を深々と破るツーベースになった。ノーアウト二塁。チャンス到来だ。

続く九番バッターは、この日ラッキーボーイの大宜見《おおぎみ》宏君。何かやってくれそうな雰囲気を醸し出していた。そして、これまた初球を打った。打球はセンター後方へ。歓声が上がる。打球が落ちた。二塁ランナーの木南が、楽々とホームイン。やった、サヨナラ勝ちだ。強豪清田小学校に勝ったぞ。私たち三番町小学校の面々は皆笑顔に包まれた。各々喜びを爆発させていた。私も試合に出場しなかったが、やはり嬉しかった。この勢いに乗って、次の試合にも勝って、富山市大会本戦に進出を果たしたかった。

富山市大会本戦出場をかけた次の試合は楽勝だった。強豪清田小学校に勝った私たちは波に乗っていた。ここでも私の出場はなかったけれども、勝利の喜びに浸った。来週の週末、富山市大会本戦がある。そこでは多分出場できるであろう。その時は頑張りたいと思った。

強豪清田小学校に勝てるとは思ってもいなかった。後で人づてに聞いたのであるが、清田小学校は油断していたし、いつも早朝に練習していたものだから、昼間の試合には慣れていなくて本調子が出なかったとのことだった。また、富山市大会本戦をかけた試合を行った柳田小学校は、エースピッチャーであろう背番号1の私をなんとか登板させようと躍起になっていたらしい。私は背番号1ながら、エースピッチャーではなく、ただ身体の大きいヘタクソな控え選手というだけのことだったのに、柳田小学校側には、三番町小学校が相手を舐めてエースピッチャーを温存させているように映っていたようだ。

それから、すぐに一週間が経った。富山市大会本戦の会場は、富山市北部にある金属プレス会社のグラウンドであった。私たちはそれぞれ大人の人たちの車に分乗して会場に向かった。

本戦には富山市の各地から八チームが集結した。土曜日が一回戦、日曜日に準決勝と決勝戦が行われる。

まずは一回戦。対釜谷《かまたに》小学校戦。釜谷小学校は富山市南部郊外にある学校だ。そんなに上手い選手がいない。試合前の練習を見て、私は勝てると確信した。そして、勝った。明日もまた、ここのグラウンドで戦える。私はまた出場できなかったが、チームが勝ち進んだことを誇らしく思った。

翌日。この日は夏らしい、いい天気の一日だった。準決勝は午前中に行われた。私たち三番町小学校チームはこの試合でも躍動し、快勝した。決勝戦進出。でも、私の出番はなかった。

「金井、ピッチング練習してみろ」

決勝戦前の昼休憩中、山口のおっちゃんに命じられた。小学生に一日二試合はきついだろう。おまけに、今日は暑い。準決勝で投げた荒田君も横田君も昨日からの連戦で疲れている。今度こそ私の出番があるかもしれない。私は神妙な顔つきでピッチング練習を行った。

準決勝のもう一校は東町小学校と四葉小学校が対戦し、東町小学校が勝ち進んだ。七回が終わって4対4の同点で、抽選くじ引きによる勝ち上がりだった。私はひそかに四葉小学校を応援していた。彼らの試合マナーが良かったからだ。残念なことに対戦できなかったが、ならば敵討ちをしようという気になった。私に出番があればいいのだが。

決勝戦の試合が始まった。私たち三番町小学校の先発ピッチャーは荒田君。私は例によって、ベンチスタート。それでも、いつでも投げられるよう心の準備はしていた。

試合は一進一退の攻防となった。先制したのは先攻の東町小学校、しかし三番町小学校もすぐに追いつく。点を取られては取り返した。3対4で迎えた六回裏、ランナーを二人置いて、二番横田君が逆転のスリーベースヒットを打った。5対4。七回表の攻撃を0で抑えれば勝利。そして、優勝である。

三番町小学校のピッチャーは殊勲の横田君。私の出番はこの試合もなさそうである。でもこの試合に勝って、県大会に進めばチャンスがあるかもしれない。私は懸命に声援を送った。

横田君は簡単にツーアウトを取った。あと一人である。ここで迎えたのは相手側の四番バッター。先ほどホームランを打っていた。横田君、ここで警戒してかフォアボールを与えてしまう。ツーアウト一塁。続く五番バッターにもフォアボール。一転、ピンチになった。

ツーアウト一、二塁で、次の六番バッターはショートゴロを打った。ショートを守っていた荒田君が難なくさばいた。二塁ベース付近のゴロだったので、ベースを踏んだらアウトとなり、ゲームセットのはずだった。が、荒田君はなぜか一塁に投げてしまい、これが暴投となり、二塁ランナーがホームイン。同点で、なおもツーアウトながら一、三塁となった。俄然、東町小学校のベンチに元気が出てきた。一方、私たちは意気消沈した。

押せ押せの東町小学校。続く七番バッターもショートへゴロを打った。今度は三遊間寄りだ。荒田君が捕って一塁へ投げればスリーアウトチェンジだった。が、先ほどの失敗が頭にあったのか、今度は間に合わない二塁ベースへ強引に踏みに行った。

「セーフ」

二塁、セーフである。その間に、三塁ランナー、ホームイン。逆転されてしまった。

「ごめん」

荒田君はしきりに謝るが、どうしようもない。中心選手である荒田君の二つのミスにより、試合の流れは明らかに東町小学校に傾いた。横田君は後続を討ち取ったものの、七回裏、私たちは無得点に抑え込まれ、試合終了。

負けてしまった。準優勝である。私の出番はとうとう最後までなかった。井坂君も出番がなかった。銀メダルをもらったが、あまり嬉しくなかった。決勝戦で惜敗したことと最後まで試合に出場できなかったことが悔しくて、私は家に帰ってからは一晩中泣き通していた。

運動神経が鈍く、足が遅かった私であるが、この年、秋の大運動会の徒競走で初めて三位に入賞した。百五十メートルの徒競走は学年別クラス別に背の低い者順に走るのであるが、背の高い私は最後の組で、他の組より少ない五人での競走となった。顔触れを見て、高吉悟君と久古《きゅうこ》正樹君には負けるが、肥満体の日高聡君には勝てそうな気がした。もう一人は私と競り合いになりそうな徳富隆君である。彼に勝てば、三位に入賞できそうだった。私は作戦を練った。まずは先に前に出ることだ。

号砲が鳴り、懸命に走った。スタートから、三位をキープ。途中追い上げられたが、徳富君の走路を少しさまたげるようにして追い抜きを防ぎ、そのまま逃げ切ってゴールした。

「金井君、やったね」

松村君や井坂君が褒め称えてくれた。自分でも作戦通り、上手くやったものだと思った。三位入賞の証として、賞状をもらった。小学校に入学して、初めてのことだった。

三番町小学校では毎年創立記念日のある九月に男子は体操着で競う相撲大会があった。学年ごとにクラス対抗戦を戦うのである。私は身体が比較的大きかったこともあり、相撲は得意な方だった。対抗戦は団体戦と個人戦があった。団体戦はクラス全員が戦い、個人戦は選ばれた五名が代表してトーナメントで競うのである。

「金井君を個人戦に出そう」

そんな声がクラスで高まった。私もその気になった。結果、個人戦に出場するメンバーが四人まで決まり、五人目の最終候補に私ともう一人、久古君の名が挙がった。そして、二人を戦わせて、勝った方を代表に選ぼうということになった。

大一番だった。私は自信満々だった。秘策があった。以前、休み時間の遊びで久古君と相撲を取った時、体勢を低くして当たれば、簡単に細身の久古君は土俵を割っていた。その時と同じようにやれば絶対に勝てると思っていた。

「金井、俺、おまえを推したんだから勝ってくれよな」

勝負の前、荒田君が私の肩を揉んで言った。

運命の一番。

「はっけよい、残った」

私は計画通り、低くぶち当たった。目をつぶって前へと進んだ。手ごたえを感じた。

「金井君が代表選手だな」

土俵の外で見守っていたクラスメートの誰かの声が私の耳に届いた。私は勝利を確信し、そのまま久古君を押し出した。見事、代表選手選出の大一番に勝ったのだ。晴れがましい気分だった。

相撲大会の日。まずは団体戦。学年ごとにクラスで背の低い者順に相撲を取っていく。過去に私はこの団体戦で、一、二、三年生の時は勝ったが、四、五年生の時は負けていた。六年生では個人戦代表選手にも選ばれていることから、負けられないところだった。だが、相手は個人戦代表選手ではないが大柄の芳田君だった。私は散々粘ったものの、負けてしまった。相撲に気の弱さが出ていた。そのせいか、団体戦で二組は一組に負け越してしまった。

個人戦では頑張らなくては。気を引き締め直した。個人戦トーナメントでの私の初戦の相手は野球チームでファーストを守っていた打越君だった。私は代表決定戦で久古君相手に勝利した時のように低い体勢でぶち当たる作戦でいった。ところが、相手が一枚上手で、私は当たり負けして、あっさり浴びせ倒しで敗れてしまった。

「クラスの代表で出たのに、金井、だらしないわね」

担任の松田先生に叱責された。私は取組後、呆然としていた。個人戦では一組の能松《のうまつ》勉君が優勝した。過去二年生から五年生まで二組の田吉君が優勝していたのであるが、その田吉君を二回戦で破り、堂々の優勝だった。私はこの日、冴えていなかった。

初恋

十一月の学芸会で、小学六年生の中から選ばれた者が演劇「杜子春《としし ゅん》」を披露した。私は赤鬼・六の役で出演した。

「大きな爪で、おまえの眼をくりぬいてやるぞ」

セリフはそれだけだった。それでも赤いセーター、母親の赤いスカート、赤いタイツをはき熱演した。

好きな女の子ができた。初恋だった。一学年下の磯田千加子。放送委員会で一緒だった。活発で明るい子だった。松村君と同じ校区外から越境通学していて、偶然松村君の家の近所に住んでいた。もともと校区内に住んでいたのであるが、校区外へ引っ越したのだ。しかし転校させるのがかわいそうだという両親の計らいがあって、越境通学していた。私は自分の気持ちを上手く伝えられず、逆に意地悪して泣かせたことがあった。

「磯田さん、好きな人がいるみたいよ」

いつしか、そんな噂が流れ、私の耳に入った。どうやら、それは私ではなく、松村君らしい。松村君はスポーツ万能で、勉強はそれほどできないが、容姿端麗で、男の私が見ても惚れ惚れする。松村君なら勝ち目がない。私は諦めることにした。実らぬ恋だった。私の小学生時代はその失恋とともに幕を閉じた。そのまま卒業した。

第二章　中学校時代

野球部入部

昭和五十二年四月。三番町小学校の同級生は国立大学付属中学に進学する者や校区外から来ていた者を除き、ほとんどが地域の南海中学に進学した。松村君は校区外から来ていたので、別の中学に進学することになり、私たちは別れ別れになった。違う中学になると、あんなに仲が良かったのに、親交が全く立ち消えになったような感じになった。儚いものである。南海中学は三番町小学校の他に、星田小学校、西町小学校の卒業生が進学する中学であった。私は今まで小学校時代の友人に加え、新しくクラスメートになる者たちの中から、松村君に代わる親友を作ろうと思っていた。

南海中学は各学年七クラスある富山市中心部にある中学校で、高校への進学率が高いことで有名だったが、それだけ学習面を厳しく指導しているということだった。と同時に、課外活動にも力を入れていた。

「金井君、部活は何にするか、決めた?」

中学でも同じクラスになった戸叶君に訊かれた。

「うーん、迷っているんだ」

実際、迷っていた。中学では何の部に入るかでどんな毎日を過ごすことになるか決まると言っても過言ではなかった。

私は野球が好きだった。でも野球部は数ある部活動の中でも一、二を争うほど厳しいと聞く。運動神経が鈍く、体力的にも人より劣る私にはたして務まるだろうか。

入学式の翌日の放課後、戸叶君と野球部の練習を見学していた。入部希望ではなく、ただ見学していただけだった。入部希望者はすでに十五名ほどおり、一塊《ひとかたまり》になってグラウンドの片隅に控えていた。もっと気の早い者は体操着に着替え、球拾いに参加していた。同じクラスの西町小学校から来た沢中里志《さわなかさとし》君がそうだったし、私と英語塾が同じの星田小学校から来た山鐘《やまかね》康久君もそうだった。山鐘君はさらに人より早く頭を五分刈りにしていた。

「見学していた一年、集合！」

練習が終わり、しばらく経つと、二年生の先輩が号令をかけた。入部希望者たちがグラウンドの隅にある部室の前に整列した。

「おい、俺たちも行こう」

戸叶君が促した。私は入部希望者ではなかったが、その言葉に背中を押され、列に加わった。

「おまえたちは違うだろう。入部希望者じゃなかっただろう」

私の隣に立っている者が言った。確かに私と戸叶君は入部希望者じゃなかった。しかし、

「俺たちも一応見学していたのだからな」

と、戸叶君は動ぜず、そのまま立っていたので私もそうしていた。あ、戸叶君は野球部に入るつもりなんだ。だったら、付き合いで私も入ろう。同じ部に小学校時代からの友人が一人いると、何かと心強い。

私たちは整列して待っていると、二年生の先輩の一人がすくっと前に立った。

「俺は二年の山下和仁だ。今日からおまえたちの教育係だ。わからないことがあったら、何でも訊け。一年は明日から朝練に来てもらう。明朝七時、グラウンドへ集合、いいな」

はい、と私たちは返事した。それから頭を山鐘君のように五分刈り以下に短く刈ること、練習中の服装を上は体育時着用のウエア、下は白の長ズボンのトレパンを着用するように指示された。挨拶の仕方も教わった。

翌朝、指定された時間にグラウンドへ行った。同じ一年生の何人かはすでに来ており、グラウンド整備をしていた。

「こんにちは」

私はそのうちの一人に声を掛けた。すると、

「挨拶は、ちわー、だろ。昨日先輩からそう教わっただろうが」

と、露骨に嫌な顔をされた。私はその挨拶の仕方に今一つ馴染めていなかった。

早朝練習では二年生が投げる球を、三年生の先輩がトスバッティングし、一年生が球拾いをした。練習後、一年生が二年生から後片付けの仕方を教わり、終了した。

そういえば、戸叶君の姿が見えなかった。一年生はほとんどが西町小学校出身の者ばかりで、三番町小学校出身者は私だけだった。その日の朝礼の前に、私は教室で戸叶君を見つけ、問い質してみた。

「戸叶君、どうして朝練に来なかったの？」

「俺、野球部じゃなく、卓球部に入ることにしたんだ。野球部はやっぱり厳しそうだし」

「そう……」

戸叶君と一緒ではなかったが、それでも一旦決めたことだからと私は野球部に入部することにした。その日の放課後の練習が終わり、床屋に行って頭を五分刈りにした。

「金井君、野球部に入ったの。へえー、意外だね」

井坂君が言った。井坂君とはクラスが別々になり、彼はバドミントン部に入るという。

三番町小学校チームの主力選手だった荒田君や横田君も野球部に入らなかった。

「金井、まあ、頑張れや」

三番町小学校出身で、野球部二年の山口彬先輩がにやにや笑いながら言った。おそらく小学校時代の私を多少知っているだけに、長くは続かないだろうと思っていたのであろう。山口先輩は山口のおっちゃんの長男である。優しい兄貴分といった感じの先輩だった。

こうして私の中学生生活も野球にウエイトを置くものとなった。頭髪を五分刈りにしたことで、皆にからかわれた。これでは女の子にモテないな、と思っていたが、むしろその逆で、厳しい野球部で頑張っているということで好意を寄せて来る者もいた。

同じクラスの西町小学校から来た女子の田堀《たほり》良美は野球が好きらしく、私に急接近してきた。私は大変嬉しかったが、わざと無視していた。その頃は女子とチャラチャラ話すのが何か嫌で、硬派を気取ることが格好いいと思っていた。田堀良美は明らかに私に惚れているようだった。私は彼女の気持ちに気づかないふりをして、すましていた。


「今から足腰のトレーニングをする」

野球部に入部して一週間が経った頃、山下先輩が私たち一年生を練習中に集めて言った。足腰のトレーニングとは体《てい》のいい言い草で、実態は一年生をふるいにかけるしごきであった。

まずはグラウンドを十周。脚力と体力が乏しい私は、先頭グループからかなり離されたどころか、周回遅れになって走り終えた。

「もっと速く走れよ」

先輩たちからだけではなく、同じ一年生からも文句を言われた。けど、これが私の精一杯だった。限界だった。

続いて、うさぎ跳び。三塁側ファウルゾーンで、三塁ベース付近からレフト後方部までの競争だった。私はまたしても最下位だった。私の足はすでにガクガクだった。こんなに自分の足腰を酷使したことは今までなかった。すでに青息吐息だった。

さらにトレーニングは続いた。今度は五十メートルダッシュ。全員で走って、三回連続トップを取った者から抜けていいというもの。沢中君がまず抜けた。沢中君はグラウンド走、うさぎ跳び、そしてダッシュといずれもトップだった。強靭な足腰をしているようだ。私はダッシュでも最後尾をよたよたと走り、一度もトップを取れなかった。そのうち時間が来て、練習は終了した。私たち一年生はほっとした。

家までの帰り道、歩くのがやっとで苦痛だった。家でも、中二階への階段を上るのが大変だった。まるで自分の足ではないような感じだった。これからこんなことが繰り返されると思うと、ぞっとした。でも不思議とやめたいとは思わなかった。私は野球が好きだった。それから、厳しい野球部で頑張ろうとしている自分も好きだった。

レギュラー争い

私の頭の中は野球のことで満たされていた。勉強は程々できた。界隈で教えることが上手いと有名な塾に通っていたおかげで、英語が得意科目だった。田堀良美という好意を寄せてくれる女子もいた。充実した中学校生活を送れていた。ただ、悩みがないわけではなかった。

「僕、親友がいないんです」

五月のゴールデンウィーク後にあった個人面談で、担任の中年女性教師にそう打ち明けた。中学で新しく親友を作ろうとは思っていたが、私はそれほど社交的というわけでもなく、進んであまり多くの友人を作ろうとしなかった。そのくせ、淋しがり屋だった。常に孤独を感じていた。元来小心な臆病者でもあり、うっかり心を許したりしたならば、私の卑小な本性が相手に丸わかりになってしまうのではないかと怖れていた。

告白された先生の方は目を白黒させていた。野球部に在籍し、率先してクラスを盛り上げていたように見える私の突然の告白に戸惑ったようだった。

「そう……。でもね、親友を作りたかったら、自分から進んで心を開いて打ち解けていくのがいいと思うわ」

先生はお茶を濁したようなアドバイスをくれた。

初めての定期テスト、中学一年生の一学期の中間テストは五教科で四百三十点、平均八十六点だった。英語が九十六点と高得点だった。中学で勉強していく自信がついた。

当時、富山市には十六の中学校があった。その十六校で春の野球大会として、トーナメントで試合が行われた。私たち南海中学は一回戦こそ勝ったが、二回戦で敗れてしまった。七月に入って行われた夏の大会でも二回戦で敗れ、それで三年生の先輩は引退となった。そして二年生と私たち一年生による新チームが始動した。

「夏の練習は厳しいらしいぞ」

一年生の間で、誰彼ともなく囁《ささや》かれていた。

新チームで、私はピッチャーを希望した。同じ一年生でピッチャーを希望したのは七月にスキー部から転部してきた荒田君と、西町小学校から来た百瀬《ももせ》等《ひとし》君だった。私は左投げ、二人は右投げ。二年生にエースピッチャーの原田孝之先輩がいるから、三人で二番手ピッチャーの座を争う形となった。

夏の練習は確かに苛酷だった。ハードトレーニングに加え、暑さとも戦わなければならなかった。汗がとめどなく流れてきた。それでも、練習中水を飲むことは厳禁だった。非科学的であったが、代々からの伝統であるなどと理由をつけて私たちを言いくるめる言い伝えはその他にも多々あった。私たちは隠れて水分を補給していた。球拾いに行った際、近くの小川の水を飲んだり、トイレで小用を済ましたふりをしたりして水を飲んでいた。飲まなければやっていられなかった。

夏休みになると、昼過ぎから夕方まで練習が行われた。一年生は開始一時間前までに来て、グラウンドに水を撒かなければならなかった。毎日雨が降ってくれることを真剣に願っていた。

練習には顧問の川崎清先生ではなく、ＯＢだと称する素性のわからない笠松さんという三十歳ぐらいの男性が立ち会っていた。ヘタクソなノックを打っていた。

二年生の先輩は全員で八人だった。単純計算すると一年生から最低一人はレギュラーになれることになっていた。背番号をもらえるのは14番まで。それを私たち一年生二十名が争うわけだ。

どうやら、外野の枠が一つ空きそうだった。有力候補は沢中君だった。沢中君は自慢の脚力に加え、上半身も私と同じ中学一年生とは思えないほど筋骨隆々で、鋭いスイングを見せていた。打球の勢いが人と違っていた。

私は体力的に同級生たちより劣っていたが、奮闘していた方だった。ただその分、張り切り過ぎたのか、ピッチング練習中に左ひじを痛めてしまった。激痛に耐えながら、それでも我慢して投げていた。左ひじが痛いなどと笠松さんや二年生の先輩たちに言える雰囲気でもなかった。私は耐えるしかなかった。自然と力ない投球をすることになった。私のピッチャーとしての評価は下がっていった。

背番号発表の日、私の名前は十四人の中になかった。二番手ピッチャーとして、背番号11に選ばれたのは荒田君だった。沢中君がセンターのレギュラー番号8を手にした。と同時に、私はピッチャー失格の烙印を押され、今後はファーストの練習をするように言い渡された。

夏の終わりの新人大会の初戦。新生南海中学は相手チームのピッチャーにノーヒットノーランを食らって負けた。守備練習ばかりしていて、バッティング練習をおろそかにしていたせいであった。それからはバッティングにも力を入れた。だが、すぐには改善されなかった。秋の大会も一回戦負けに終わった。

長いオフシーズンが始まった。冬場は雪が積もって、グラウンドが使えなかった。よって、外で練習ができない。自然と校舎内での単調な体力トレーニングをすることに限られた。身体能力がより劣っていた私にとって、かなり苦痛なものだった。私はひ弱かった。練習についていくのがやっとだった。いや、ついていけない時もあった。明らかにチームのお荷物となり、足を引っ張る輩となっていた。

「金井はそのうちやめると思うよ」

二年生の先輩たちだけでなく、同じ一年生たちからも噂された。でも、私はやめなかった。きついトレーニングをしている時はやめたくてやめたくて仕方なかったが、何より野球が好きだったし、先輩にやめるということを怖くて言えなかったこともあった。

「金井君、頑張っているわね」

田堀良美の手前もあり、途中退部はあり得なかった。格好悪いし、他にやりたいことがあるわけでもなかった。半分惰性でもあった。意固地にもなっていたのかもしれない。とにかく、私はやめなかった。

「田堀さんは、金井君のこと、好きみたいよ」

一年生の終わり頃、クラスでは誰もがそのことを認識しているようだった。私も当然知っていた。知ってはいたが、わざと知らぬふりをしていた。バレンタインデーには田堀良美からチョコをもらえなかった。そのことに根を持つつもりはなかったが、田堀良美の気持ちが図り切れていなかった。そのうち、向こうから何らかのアクションを起こしてくるだろう。それまで待つつもりでいた。

初めての試合出場

冬が過ぎて、春が来た。二年生になった。クラス替えが行われたが、二年生でも奇跡的に田堀良美と同じクラスになった。これは何か運命めいたものなのであろうか。

私は野球部員生活も続行しており、新しく一年生が入って来た。先輩になったわけだ。ヘタレなところは見せられない。私はこれまで以上に気を張って、野球部の練習に取り組んでいた。

五月。ゴールデンウィークが終わってすぐ、突然左ひざが痛くなった。痛くて歩くのも困難になり、外科病院に行った。レントゲンを撮ると、左ひざの関節に血が溜まっていた。太い注射器で抜いてもらった。しばらくは安静。部活動は休まざるを得なかった。

中学二年生になって、仲の良い友人もできた。同じクラスで西町小学校出身の村西卓君だ。学校では卓球部に所属しており、何かと私と馬が合った。村西君は勉強はあまりできる方ではなかったが、運動神経が良かった。春の校内マラソン大会前の日曜日、二人で呉羽山まで練習のためランニングしたことがあった。お互いが持っているエロ本を交換したりもした。

授業中と部活動中以外、学校にいる時は何をするのも一緒だった。それ以外の時もよくつるんで遊んだ。卓球部員ながら、村西君も野球が好きなようだった。

「二人は兄弟みたいだね」

よく言われた。どちらかというと、村西君が兄で、私が弟だった。たまに喧嘩にはなったが、その時は村西君が少し大人だった。これが友情というやつかな。私はそう感じていたが、相変わらず心の奥底までは気を許していなかった。ただ、この関係は永遠に続くものだと思っていた。村西君と遊び惚けていた分、学業の成績は急降下した。

左ひざの調子が良くなった六月後半から部活動に復帰した。このチームもあまり強くなかった。春も夏も初戦に勝つのがやっとで、大会では早々に敗退していた。そんな中で、荒田君が一人頑張っていた。私はベンチ外の声出し要員で、早くレギュラーになって試合に出たいものだと思っていた。心の中では不謹慎ながら、先輩たちが敗退して引退してくれればいいのだがとさえ思っていた。自分たちの代になって欲しかった。


夏の大会が終わり、自分たちの代になった。新キャプテンには山鐘君がなった。夏休みの練習は今年も厳しくなりそうだった。ただ、水撒きやグラウンド整備をしなくてもよい分、楽だった。喉は相変わらず渇いた。隠れて水を飲んだ。皆そうしていた。夏休みの間中、今年も川崎先生は来ず、先生に依頼された以前甲子園に出場したことのあるという中年男性が指導に来ていた。私たちはあまり言うことをきかなかった。自分たちで好き勝手に練習していた。

ファーストのレギュラーを狙うのは三人いた。私と、西町小学校出身のパワー自慢である元西彰浩君、同じく西町小学校出身の林真《まこと》君である。いずれも二年生であり、三人で競い合っていた。私は三人の技量は五十歩百歩だと思っていた。

ところが、

「ファーストのレギュラーは元西だ」

荒田君の一言でそう決まった。新チームで絶対的なエースに君臨していた荒田君に異を唱える者はいなかった。私も逆らえなかった。

夏休みの終わりに近い頃、二年生全員で誰が背番号をもらえるか決めることになった。レギュラーはすんなり決まった。補欠のメンバーも13番まですぐに決まった。残りは14番。私はまだ背番号を手にしていなかった。二年生は全員で二十名いた。さらに、二番手ピッチャー要員として一年生の里中哲也を選んだため、七名が背番号を手にできないことになった。私はその仲間入りにはなりたくなかった。

14番の候補者として、私ともう一人名前が挙がった。決選投票になった。

「金井がいいと思う人？」

過半数以上の部員が手を上げてくれた。背番号14は私のものとなった。夏の夕暮れ時のことだった。

「金井、おめでとう」

祝福された。

「でも、レギュラーじゃないんで……」

私は照れくさそうに返した。レギュラーじゃないから、あまり嬉しくない。それは本心だった。結構頑張ったつもりだったのだがな。まあ、でも背番号はもらえたからな。気持ちを切り替えていこうと思った。

新人戦。チームは初戦、2対3で惜敗した。私の出番はなかった。私たちは新チームになっても相変わらず貧打に喘いでいた。よって、勝てなかった。新チームでは練習試合でも白星に恵まれなかった。打撃不振は深刻だった。

十月第一週の日曜日、普段日曜日は練習が休みの日であるが、この日は富山市南部郊外にある久保田中学まで遠征した。ダブルヘッダーを行うのである。久保田中学は強豪で、この年の春の大会で富山市大会を制していた。その時のエースピッチャーがまだ二年生で秋も主戦ピッチャーとして残っていた。打線も強力だった。

第一試合、1対5で負けた。第二試合は負けたくなかった。

「せっかく日曜日に遠征に来たのだから、今日は補欠の者も出てもらう」

引率の川崎先生が粋な計らいを見せた。第二試合の六回表、久保田中学の攻撃。ここで私はファーストの守備に就いた。ユニフォームを着て本格的な試合に出るなんて、中学で初めて、いや、小学校の時もほとんど出場していないから、生まれて初めてといっていいくらいの快挙だった。ファーストの守備位置で、投球に合わせて前がかりになるのだが、上手くできず、足がガタガタ震えた。

「金井、大丈夫かよ」

セカンドを守る玉名《たまな》栄一郎君が心配そうに声を掛けた。

　この回ツーアウトまで私のところに球が飛んで来なかったのが幸いだった。ツーアウトになって、少し落ち着いた。すると、打球が飛んできた。ファースト真上に上がった飛球。来た、と思った。よたよたとした足取りで追いかけた。構えた。基本通りのおでこの前でキャッチしたのではなく、お腹の前で危うくポケットキャッチした。なんとかアウトにできた。ほっとした。スリーアウトチェンジ。

　今度は攻撃をする番だった。打順はちょうど私から。二、三度素振りをしてから、左バッターボックスに入った。相手は右オーバースロー。噂のエースピッチャーである。構えた。初球。投げた。ストレート。私はバットを振った。鈍い音がした。打球はキャッチャーの真上へ。捕られて終わりか。と思っていたら、ファウルエリアでキャッチャーが落球した。命拾いした。

　気を取り直して、二球目。また、ファウル。0ボール2ストライクと追い込まれた。私は短く持っていたバットをさらに短く握り直した。

　三球目。投げた。外角へ。と、そこから内側に曲がり、ストライクゾーンへ。私は見送り。

「ストライク。バッターアウト」

　あえなく三振。その後のバッターも倒れ、私たち南海中学は第二試合も敗れ、二連敗。重い足取りで家路につくことになった。私としては初めて対外試合に出場できたことがせめてもの救いだった。
新チーム結成以来未勝利で、秋の大会を迎えた。私はベンチスタートだった。
スターティングメンバーはこうだ。

一番ライト　沢中里志君
二番セカンド　玉名栄一郎君
三番キャッチャー　山鐘康久君
四番センター　盛田順二君
五番ショート　田寺哲夫君
六番レフト　岡岸和幸君
七番ピッチャー　荒田順君
八番サード　杉森俊哉君
九番ファースト　元西彰浩君

私たちは後攻である。先発ピッチャーの荒田君がマウンドに上がった。初回を0点に抑えた。上々の立ち上がり。一方、対戦相手の聖和《せいわ》中学の先発ピッチャーも私たちを無得点に封じた。投手戦の様相を呈していた。

試合が動いたのは、三回表だった。ワンアウトからフォアボールでランナーが出て、盗塁を決められ、セカンドゴロで三進、一番バッターにセンター前タイムリーヒットが出て、1点を先制された。

味方打線はなかなか打てない。特に九番元西君が重症で、新チームでレギュラーになってから依然としてノーヒットだった。当たれば一発長打があるのだが、さっぱり打てなかった。

「金井、用意しておけ」

業を煮やした川崎先生が私に指示した。やった。出番だ。試合に出場できる。今度は公式戦だ。私はキャッチボールを開始した。

六回表から私は元西君に代わってファーストの守備についた。打順もそのままだ。またしても足がガタガタ震えた。でも試合で守備に就くのは練習試合で一度経験していたので、今度は少し冷静だった。

0対1で迎えた六回裏、私たちは反撃に転じた。二番玉名君がライト前ヒット。三番山鐘君が送り、四番盛田君がレフトへ大きなフライを打った。これを相手レフトが落球。二塁ランナー玉名君が同点のホームイン。ワンアウト二塁で、五番田寺君がショートゴロ。ところが相手ショートがランナーが目に入ったらしく、一塁へ高めの悪送球。ファーストは取れず、ボールがファウルグラウンドを転々としている間に、二塁ランナー盛田君がホームイン。逆転した。

2対1で、最終回七回表の守り。この回無得点に抑えれば勝利、二回戦進出だ。私は緊張していた。荒田君も緊張していたのだろうか。先頭バッターにデッドボール。次のバッターに簡単に送られ、ワンアウト二塁。続くバッターはライトフライ。タッチアップは防ぎ、ツーアウトで二塁のまま。あと一人、あとワンアウトだ。私はファーストの守備位置からしきりに声援を送っていた。

バッターは八番。安全パイのはずだ。荒田君が投げる。初球を打った。三本間への小フライになった。一番近いのはピッチャーか。荒田君が捕りに行った。が、捕り切れず、フェアグラウンドに打球は落ち、バッターは一塁に生きた。ツーアウト一、三塁。でも、次のバッターを討ち取ればいいわけだ。九番バッターは全然当たっていなかった。私たちは勝利目前。私は固唾を呑んで見守った。

1—1からの三球目。九番バッターが打った。これまた三本間への小フライ。いつもの荒田君なら楽々捕れていた。が、三塁ランナーが目に入ったのか、またしても落球してしまう。三塁ランナー、ホームイン。同点に追いつかれてしまった。後続はなんとか討ち取り、逆転は許さなかった。

七回裏。サヨナラ勝ちにしたい私たち南海中学は、先頭の八番杉森君がフォアボールで出塁した。次は私だ。ベンチからサインが出た。定石通り、ここは送りバントだ。でも、

料金受取人払郵便

新宿局承認

2524

差出有効期間
2025年3月
31日まで
(切手不要)

郵便はがき

1 6 0-8 7 9 1

1 4 1

東京都新宿区新宿1－10－1

(株)文芸社

愛読者カード係 行

お名前《ふりがな》		明治 大正 昭和 平成 年生 歳
ご住所《ふりがな》	□□□-□□□□	性別 男・女
お電話番号	(書籍ご注文の際に必要です)	ご職業
E-mail		
ご購読雑誌(複数可)		ご購読新聞 新聞

最近読んでおもしろかった本や今後、とりあげてほしいテーマをお教えください。

ご自分の研究成果や経験、お考え等を出版してみたいというお気持ちはありますか。

ある　ない　内容・テーマ(　　)

現在完成した作品をお持ちですか。

ある　ない　ジャンル・原稿量(　　)

書　名				
お買上 書　店	都道 府県	市区 郡	書店名	書店
			ご購入日	年　　月　　日

本書をどこでお知りになりましたか?

1.書店店頭　2.知人にすすめられて　3.インターネット(サイト名　　　　)

4.DMハガキ　5.広告、記事を見て(新聞、雑誌名　　　　)

上の質問に関連して、ご購入の決め手となったのは?

1.タイトル　2.著者　3.内容　4.カバーデザイン　5.帯

その他ご自由にお書きください。

(　　　　　　　　　　)

本書についてのご意見、ご感想をお聞かせください。

①内容について

②カバー、タイトル、帯について

弊社Webサイトからもご意見、ご感想をお寄せいただけます。

ご協力ありがとうございました。

※お寄せいただいたご意見、ご感想は新聞広告等で匿名にて使わせていただくことがあります。

※お客様の個人情報は、小社からの連絡のみに使用します。社外に提供することは一切ありません。

私はバントが得意ではない。私はぎこちなく構えた。ピッチャーが投げた。インコースのストレート。球に勢いがあった。私はバントした。ところが、打球は浮き上がってピッチャーへの小フライになった。難なくキャッチされる。一塁ランナー杉森君も飛び出していて、ダブルプレイ。チャンス到来かと思われていたが、一瞬にしてツーアウトランナーなしになった。ベンチの誰もが落胆した。私は俯いて引き揚げた。

試合は同点のまま延長戦になった。八回表、疲れが見え始めた荒田君に相手打線が襲いかかった。先頭バッターがレフト前ヒット。三番バッターが送りバントを見せた。ワンアウト二塁。四番バッターがこれまたレフト前へしぶとく落とした。送球の間にバッターランナーは二塁へ。ワンアウト二、三塁。ここで五番バッターがセンターへフライを打ち上げた。タッチアップで1点入る場面だ。しかし、センターの盛田君は強肩だ。打球を捕って投げ、三塁ランナーをホームで刺した。結局この回無得点に抑えた。八回裏、私たちもツーアウト一、二塁としたが、無得点。回は九回へと進んだ。

九回表。また先頭バッターがセンター前ヒットで塁に出る。送りバント。この時、ランナーが好走塁を見せ、一気に三塁を陥れた。ワンアウト三塁。バッターは九番。スクイズで来るか。私たちは前進守備を敷いた。すると、強打で来た。打球はセンターへのフライ。また前の回と同じだ。盛田君ならアウトにしてくれる。捕って、投げた。三塁ランナーはタッチアップでホームへ。クロスプレーになったが、今度は送球が若干逸れ、ランナーホームイン。勝ち越しを許した。

2対3で、延長九回裏。バッターは七番荒田君から。粘って、フォアボールを選んだ。次の杉森君もフォアボール。相手ピッチャーも明らかに疲れてきているようだ。バッターは私。ここは送りバントの場面だ。絶対送らなければならない。

「代打だ」

川崎先生が告げた。先ほど送りバントを失敗していた私はここで代えられてしまった。代打に出たバッターがきっちり送りバントを決めた。ワンアウト二、三塁と、一打逆転サヨナラのチャンスを作ったが、後続に一打が出ず、無得点。私たち南海中学は敗れてしまった。またしてもチーム初勝利ならず。翌日からオフシーズンになった。

「金井、しっかり練習しろよ」

学校で川崎先生と廊下ですれ違った時、はっぱをかけられた。担任や学科を受け持ってもらっているわけでもない先生に名前を覚えてもらったことが嬉しかった。

二度目のバレンタインデー

田堀良美との仲に進展はなかった。私たちの周りの男子も女子も田堀良美を応援していた。恋が成就するかどうかはひとえに私の一存にかかっていた。私は知らぬ顔を貫いていた。田堀良美の気持ちは痛いほどわかっていた。私も嫌な気はしていなかった。ただ、自分が野球部の補欠であることが踏ん切りのつかない要素の一つになっていた。レギュラーでもないのに、女の子と付き合っている。そう後ろ指を差されることが怖くて、躊躇《ためら》っていた。本当は堂々と交際宣言をしたかった。でも、私にはその勇気がなかった。恥ずかしかった。硬派を気取っていたこともあったし、天邪鬼でもあった。

二月十四日。田堀良美と知り合ってから二度目のバレンタインデーを迎えた。今年こそチョコレートをもらえるだろうと確信していた。どことなく私は浮かれていた。当日、内心そわそわしながら田堀良美がチョコをくれることを待っていた。

ちょうど二時限目の休み時間だった。私は突如猛烈な腹痛に見舞われた。痛くて痛くて仕方がない。保健室へ行った。薬をもらって飲んだ。

「トイレに行ったら？」

勧められたが、出ない。少しおさまったが、まだ痛い。早退することにした。

「金井、おまえのスポーツバッグに田堀からのチョコ入れといたから」

帰りしなに、クラスメートの盛田君に囁かれた。やった。お腹をさすりながらも、私は喜びを隠しきれなかった。

田堀良美は明らかに私に気がある。それが証明された。触れなば落ちんといった風情だ。主導権はこちらが握っている。なんという優越感だ。私の気持ち次第ですべてが決まるというのだ。思わず笑みがこぼれる。

どうしよう、か。私も田堀良美のこと、好ましいと思っている。でも、な……。私の心は混とんとしていた。田堀良美と付き合ってもよい。いや、駄目だ。恥ずかしい。勇気が持てない。

私は今まで以上にあれこれ迷っていた。でも、表にはおくびも出さなかった。平静を装っていた。さも無関心のように。

一週間経った放課後、私は盛田君に問い詰められた。

「金井、おまえ、田堀のこと、どう思っているんだよ？」

「いや、別に……」

私はクールに返した。内心とは裏腹に。

「田堀はおまえのこと、好きなんだぞ」

「そう」

素っ気なく答えた。

「おまえの気持ちはどうなんだ？」

「…………」

「黙っていてはわからない、イエスかノーか、どっちなんだ？」

「どちらでもない」

私は煮え切らない態度を取った。

「しょうがない奴だな。じゃ、そのように田堀に言うぞ」

「ああ、いいよ」

盛田君は去っていった。これでいいのだ、と私は思った。もう少し優越感に浸っていたかった。返事はできるだけ長く引き延ばしておきたい。極上の味わいだ。田堀良美にしてみれば、生きている心地がしないだろう。焦らすだけ焦らしてやるのだ。私は全く素直でなかった。
二、三日後、今度は田堀良美と同じ女子ハンドボール部員で仲の良い嶋田明美が詰め寄ってきた。
「金井君、どういうつもり。田堀さんはあなたのことが好きで好きでたまらないのよ。どうしてその気持ちに応えてあげないの」

私は返答に困った。気弱な性格だから、強く出て来る相手には滅法弱い。

「明日の放課後、二人きりにしてあげるから、その時田堀さんにちゃんと気持ちを伝えて。いい？」

「わ、わかった」

一方的に言いまくられ、約束してしまった。もう後に引けない。私の心は決まっていない。出たとこ勝負だ。どうするかは当日のその時だ。まんじりともせずに、その夜はあまり眠れなかった。

こんな時に限って時間の流れは速いもので、あっという間に放課後になった。私と田堀良美は教室に二人きりにされた。

沈黙が場を支配していた。私は何を話せばよいかわからず黙っていた。田堀良美はもじもじしていた。

「ごめんね、金井君」

最初に口を開いたのは田堀良美の方だった。私はその言い方になぜか無性に腹が立った。

「何で謝るんだ？」

「いや、私のせいでこんなことになってしまって……」

「俺はおまえが嫌いだ」

私は言い切った。思わず心にもない言葉が口から出てきてしまった。

「俺はおまえが嫌いだ。これでいいだろ」

もう一度繰り返した。自分に言い聞かせるように繰り返した。田堀良美は真っ赤になって下を向いていた。

「そう。わかった。ありがとう」

ぽつんと言った。涙ぐんでいる様子だ。私はわざと知らないふりをして教室を出た。廊下では嶋田明美が心配そうな顔をして立っていた。

私に女などいらない。この時、突発的にそう思っていた。

「おい金井、聞いたぜ。田堀をフッたんだって？　もったいない」

話を聞きつけた盛田君が野球部の練習中に駆け寄ってきた。

「ああ、そうだよ」

私は平然と言った。

「おまえ、これが人生における最初で最後の大チャンスかもしれないのだぜ」

盛田君は大げさにそう言った。

「これから大事な三年生になるというのに、女と付き合っている暇はない。勉強しなければならないし、野球ももっとうまくなりたい」

私は言い放った。その言葉を聞いて、信じられないといった表情で盛田君は立ち去っていった。これでいいんだ、と私は自分自身に言い聞かせた。

努力が花開いた時

春休みになった。私は野球部の練習に没頭していた。家でも毎晩ベランダで一日二百回の素振りを日課としていた。手が擦れて豆ができたりしたが、構わず繰り返していた。

すると、どうだ。ある日、私のバットにボールが当たり始め、フリーバッティングで快打を連発した。

「金井、すげえ。どうしたんだ？」

チームメートは目を丸くしていた。私自身も驚いていた。あれだけ非力で、打てなかった私が、見事な変貌ぶりを遂げた。

「金井をレギュラーにしよう」

野球部内にそのような空気が充満した。私は得意満面だった。より一層練習に熱が入った。野球の神様がどこかで見ていてくれていたのかもしれない。感謝した。

三年生に進級した四月の第二土曜日、練習試合が組まれた。私は九番ファーストで颯爽《さっそう》とスタメン出場した。試合は午後一時半から南海中学のグラウンドで行われた。対戦相手は富山中央中学である。

私たちは後攻だった。もう守備についても足が震えることはなかった。多少なりとも場数を踏んでいたし、自分に少しだけだけれども自信めいたものが芽生えつつあった。

初回、荒田君が相手の攻撃を0点に抑えた。裏の攻撃、一番沢中君がいきなりライトオーバーのスリーベースを打った。ノーアウトで三塁。ここで二番玉名君がきっちりレフトへ犠牲フライを打って1点先制した。私たちは盛り上がった。

荒田君も好投している。二回裏、ツーアウト一、二塁で私の打席が回ってきた。緊張はさほどしていなかった。冷静にボールを見極めることができた。すべてボール球でフォアボール。一塁に生きた。ツーアウト満塁となり、ここで前の打席にスリーベースを打って気を良くしている沢中君がレフト前へタイムリーヒット。2対0で、なおも満塁。二番玉名君も続いた。センター前へヒット。浅い当たりだったので三塁コーチが制止したが、二塁ランナーの私は思い切ってホームへ突っ込んだ。

「アウト」

センターからホームに送球され、楽々アウトになった。しかし、この回2点追加で3対0になった。

序盤から点を取り、楽な試合展開になった。相手はそんなに強くないようだった。私は一度ファーストに強いゴロが来たが、上手く処理してアウトにした。内野ゴロでの送球も無難にさばいた。荒田君はその後も好投し、相手打線を1点に抑えていた。私の二打席目はまたしてもストレートのフォアボール、回ってきた三打席目もストレートのフォアボールだった。試合は4対1で南海中学の勝利。昨年夏に新チームになって、年度が替わったこの時期にようやく初勝利を手にした。私は三度の打席でいずれもストレートのフォアボールで出塁し、勝利に貢献できたと思ったので少し誇らしい気分だった。次の試合ではヒットを打ちたいと思った。

翌週の土曜日。また練習試合が行われた。相手は小泉中学。清田小学校の選手が多数進学し、ほとんどの者が野球部に在籍する強豪校だった。現に昨年夏の新人大会に優勝し、秋の大会でも準優勝を飾っていた。この試合も南海中学のグラウンドで行われ、私は再び九番ファーストでスタメン出場した。

0対0で迎えた三回裏、ツーアウトで私に打席が回ってきた。相手ピッチャーはなぜか制球を乱し、3―0になった。またフォアボールかな。と思ったが、さすがに簡単には歩かせてもらえなかった。そこからカウントを戻され、3―2になった。運命の六球目。ストレートが来た。私は無心でバットを振った。快音を残し、打球はライト前へ。ヒットだ。ヒットを打ったぞ。私は夢中で一塁へ駆け込んだ。練習試合とはいえ、人生初といえる本格的な試合でのヒットに私は興奮した。この後、打線がつながり、沢中君、玉名君が連続ヒットを打って、1点先制した。

荒田君はこの日も好投した。五回裏に1点追加すると、そのまま相手を封じ込め、2対0で勝利した。小泉中学は練習不足のようで、投打に精彩を欠いていた。私の二打席目はピッチャーゴロで、それ以後の打席は回ってこなかった。私はヒットを打ったことで、ますます自分の技量に自信を深めた。この試合の途中、ふとファウルグラウンドを見ると、田堀良美が見学している姿が見受けられた。まだ私に未練があるのだろうか。私は今、レギュラー選手として試合に出場できている。もしここで翻意して、

「やっぱり、おまえが好きだ。付き合おう」

と言ったら、田堀良美はなびいてくれるだろうか。どうだろうか。いや、それはやめて

おこう。あまりにも御都合主義すぎるし、そうすることは格好悪い気がする。男が一旦決めたことだ。間違っているかもしれないけれど、自分自身を貫きたいと思った。

ゴールデンウィーク前の土曜日。また富山中央中学と練習試合を行った。九番ファーストでスタメン出場した私は第一打席でフォアボールを選び、出塁した。迎えた第二打席、相手ピッチャーはまたしてもボール球を連発した。

「おまえ、この九番バッターがそんなに怖いのかよ」

相手チームの監督がピッチャーに怒声を浴びせた。そのはっぱが効いたのか、ピッチャーは立ち直り、私はファーストゴロに討ち取られた。しかし、試合は4対1で私たち南海中学が勝利した。三連勝である。

ゴールデンウィーク、中間テストが終わり、春の大会が近づいてきた。大会前最後の練習試合は0対2で負けていた二回裏の私たちの攻撃中、雨が激しくなり、そのまま中止となった。この試合前、なぜか川崎先生の機嫌が悪く、私たちは怒られてばかりいた。中止前の攻撃でフォアボールで出塁した私はツーアウト一、三塁の場面で二盗を決めた。鈍足のこの私が、である。珍しいこともあるものだと皆思っていたことだろう。案の定、雨に降られ、ノーゲーム、ノーカウントになった。

春の大会の組み合わせ抽選があり、私たち南海中学は初戦で久保田中学と対戦することになった。富山市の中学校は十七校に増えたことにより、唯一の一回戦だった。この試合に勝たなければ、学校の壮行会に出場することすらできない、そんな切羽詰まった試合でもあった。負けてしまえばそれ以上大会に出られない。意味がないからだ。

久保田中学は強豪である。昨年秋に練習試合で二連敗を喫した相手だ。でも、ひと冬越えて、私たちも戦力的にレベルアップしている。是が非でも勝ちたいところだ。

大会日直前、私たちは普段休んでいる日曜日も練習に励んだ。試合は火曜日の午後、南海中学のグラウンドで行われる。

試合当日、久保田中学の面々は私たちがまだ授業を受けていた三時限目に早くも姿を現した。

「おい、もう来てるよ」

私たちは焦った。私たちの方は四時限目まで授業を受けて、給食を食べてから試合に臨むつもりでいたからだ。

立ち遅れた形になったが、私たちも午後になって試合の準備を始めた。自分たちが普段使っているグラウンドで試合ができるのは強みである。ただ、学校中が注目しているから、恥ずかしい試合はできない。大きなプレッシャーがあった。

午後三時、試合開始。私たちは後攻である。試合は投手戦になった。三回裏、私たちはノーアウト一、二塁のチャンスを作った。打席は私。送りバントのサインが出た。しかし、私は二球続けて失敗し、０—２と追い込まれてしまった。三球目、なんとかランナーを進めようと、軽打した。セカンドゴロ。一塁でアウトになったが、ランナーはそれぞれ二、三塁に進んだ。私はほっとした。

「金井はバントさせるより、打たせた方がいいなあ」

川崎先生が呟いていた。

先制のチャンスだったが、次の沢中君がいい当たりのセカンドライナーに倒れ、飛び出していたランナーがタッチされ、この回無得点に終わった。

試合は淡々と進んだ。荒田君は好投していた。バックもよく守っていた。五回裏、ツーアウトからであったが、私たちは再びチャンスを迎えた。七番荒田君がフォアボール。八番杉森君がサードゴロ。これをサードがファーストへ悪送球して、ツーアウト二、三塁になった。ここで私に打席が回ってきた。

「思い切っていけ」

川崎先生からアドバイスを受けた。私は打席に向かった。初球。ストレート。見送った。

「ストライク」

私はベンチを見た。皆必死で声援を送っている。川崎先生も同様だ。

二球目。またストレートだった。私は無心だった。無心でバットを振った。快音が響き、打球はセンター前へ。歓声が上がる。タイムリーヒットだ。三塁ランナー、ホームイン。二塁ランナーも三塁を回った。私は一塁を大きくオーバーランし、二塁を窺う姿勢を見せた。これがいけなかった。センターからカットマンのファーストに送球され、一塁のカバーに入ったセカンドに渡り、私は急いで戻ったものの、タッチアウト。それは二塁ランナーがホームインする前だったので、得点が1点しか認められなかった。

それでも、待望の得点だった。このまま逃げ切ればいい。荒田君は絶好調だった。

そして、試合はそのまま終わった。1対0。公式の大会で強豪の久保田中学を破っての勝利だった。嬉しくないはずがない。しかも私は殊勲のヒットを打ったのだ。この試合には学校中が注目していた。勝てて本当に良かった。田堀良美も私の活躍を見ていてくれただろうか。自分がフラれた男はこんなにすごい奴なんだと改めて惚れ直してくれただろうか。私の身勝手な思いではあるが。

同じ週の日曜日に富山市の新荘《しんそう》中学に四校が集まり、二、三回戦が行われた。私たちは二回戦で東松《ひがしまつ》中学と対戦することになった。東松中学の野球部には小学校時代に市の大会で敗れた東町小学校の面々が多く在籍している。リベンジだ。

私たちは先攻だった。初回、いきなり沢中君がレフト前ヒットで塁に出て、盗塁を決めた。続く玉名君がきっちり送りバント。ワンアウト三塁。ここで山鐘キャプテンがライトへ犠牲フライを打ち、1点先制。幸先が良かった。この得点で後は荒田君がいつもの快投を見せてくれれば勝てるところだったが、東松中学はそうたやすい相手ではなかった。

三回に同点に追いつかれると、四回裏、荒田君の暴投などがあり、1点勝ち越された。

試合はそのまま最終回、七回表に突入した。先頭の七番荒田君が三振、八番杉森君がフォアボールで出塁した。ワンアウト一塁で、バッターは私。ここまでフォアボールとセカンドライナーだった。送りバントのサインは出なかった。私は初球を強引に引っ張り、ファーストゴロ。自分はアウトになったが、一塁ランナーの杉森君を二塁に進めた。ツーアウトで、あとワンアウトで試合終了という場面だったが、ここで当たっている沢中君に打席が回った。沢中君は期待に応えて、センター前へヒット。二塁ランナー、ホームインで同点。沢中君は二塁を欲張りタッチアウトになったが、追いつくことができた。

試合は延長戦になった。荒田君はなんとか持ち直していた。八回、九回とお互いチャンスを作りながらも無得点に終わっていた。私もノーヒットだった。十回、十一回と両校無得点がさらに続いた。互角の勝負だった。

十二回もお互い無得点に終わった後、一旦小休止の措置が取られた。私は荒田君ほどではなかったが、疲れていた。この休憩の間に弁当をかき込んだ。

三十分後、試合が再開された。十三回表、私たちはチャンスを作った。ツーアウトながら、一、二塁。バッターは四番の盛田君。ここまでノーヒットだが、四番の意地を見せて欲しいところだ。そして、盛田君は打った。三塁線をぎりぎり抜けていくタイムリーヒット。二塁ランナー、ホームイン。1点勝ち越した。

熱戦にピリオドが打たれる時が来た。十三回裏、荒田君が相手打線を封じ、南海中学は勝利を収めることができた。へとへとに疲れたが。

私たちはじっくり休む暇もなく、三回戦が行われることになった。二回戦を勝ち上がった新荘中学との対戦である。

南海中学は後攻だった。荒田君は力を振り絞って投げていた。南海中学の今年のチームは荒田君一人のチームと言っても過言ではなかった。二番手ピッチャーの二年生は心許なかった。荒田君にかかる負担は大きかった。

試合は投手戦になった。両校譲らなかった。新荘中学のピッチャーは二年生だったが、評判の好投手だった。六回裏、ワンアウトから私がフォアボールで出塁した。ここから相手ピッチャーが制球を乱し、沢中君、玉名君もフォアボールをもぎ取った。私が塁上でさかんに大きくリードを取り、ピッチャーに神経を使わせたのが功を奏したようだ。

ワンアウト満塁。バッターは三番山鐘キャプテン。スクイズのサインが出るかと思った。だが、出なかった。満塁だし、三塁ランナーが鈍足の私だし、バッターがクリーンアップだからだろう。川崎先生はそのまま打たせる作戦を取った。

しかし、山鐘キャプテンは、このチャンスを生かせず、力のないショートフライを打った。続く四番の盛田君もあえなく三振。せっかくのチャンスを潰してしまった。

この試合も延長戦となった。八回表、ツーアウト三塁から荒田君がライト前へタイムリーヒットを打たれてしまった。均衡が破られた。もう少しで玉名君が捕れそうな低いライナー性のヒットだった。

八回裏、この回無得点ならば私たちは負けてしまう。ワンアウトから私に打席が回ってきた。初球を狙った。打球は三遊間寄りの深いショートへのゴロになった。内野安打か、と思われたが、ショートが素早く捕って、一塁へ。鈍足の私をアウトにした。反撃の芽は潰れた。結局この回無得点で、試合終了。南海中学は春の大会三回戦で敗退してしまった。

中学での野球部員生活も、あとは夏の大会を残すのみとなった。私は春の大会後、腰痛に苦しみ、接骨院に通いながら部活動に励んだ。

田堀良美をフッたことに対する風当たりは思っていたより強く、私は頭髪を青光りのする五厘刈りにすることによって、謝罪の意を表さざるを得なかった。恥ずかしかったが、致し方なかった。人づてに聞いたところによれば、田堀良美は私の五厘刈りの頭を見て、気分がすうっとしたと語ったとか語らなかったとか。田堀良美とは三年生になった時、別々のクラスになっていた。

中学校生活最後の試合

勉強も頑張らなければならなかった。三年生になって、一時やめていた数学の塾にまた通い出した。英語は通っていた別の塾のおかげで常に高得点をキープしていたが、理数系、特に理科が第一分野、第二分野とも苦手だった。

「高校はどこへ行く?」

クラスメートとの会話でよく話題に上ったが、私はあまり真剣に考えていなかった。自分の持つ学力でいける高校に入れればいいと思っていた。両親からも厳しくとやかく言われることもなかった。

修学旅行は奈良と京都へ行った。この頃から三年生で同じクラスになった縞草勝君と仲良くなった。縞草君は四葉小学校の出身で、祖母宅が南海中学の校区内にある関係で、越境入学していた。縞草君とは修学旅行で同じグループで行動を共にした。好みの芸能人やよく聞くラジオ番組が同じで気が合った。縞草君は足が速く、陸上部に所属していた。山羊のような顔をしていて、私より学業の成績が良く、二年生後期の学級委員に選出されていた。二年生の時にあんなに仲の良かった村西君とは一度大喧嘩をし、三年生になってクラスが別々になったことにもより、疎遠になってしまっていた。

夏の大会。会場は北園《きたぞの》中学校グラウンド。初戦の相手は港町中学だった。港町中学は四葉小学校の面々が多く在籍するチームだった。海沿いの漁師の子弟が多いのか、身体つきが私たちよりも一回り大きかった。港町中学と対戦することに、何かの因縁めいたことを感じていた。

私たちは先攻だった。相手側の大柄ピッチャーを立ち上がりから果敢に攻め立てた。初回こそ無得点に終わったものの、二回表、ワンアウト満塁で、私に打席が回ってきた。相手ピッチャーは制球を乱していた。私に対しても3－0とした。そこから二球続けてストライクを取り、カウントを戻した。

六球目。相手ピッチャーが投げた。ストレート。ど真ん中に来た。私はこれをレフト前へ流し打った。タイムリーヒット。1点先制。後続は倒れたが、幸先の良いスタートを切った。

荒田君の調子はまずまずだった。港町中学の各バッターは振りが鋭かったが、巧みに芯を外し討ち取っていった。荒田君はバッタバッタ三振を取っていく剛腕タイプではないが、天性の勝負勘を持ち、相手に的を絞らせなかった。コントロールが良く、バッターとの駆け引きが非常に上手い。カーブが一級品だ。細身でやや小柄ながら、スタミナもある。頼れるエースだった。

試合は1対0のまま中盤に進んだ。五回裏、相手の反撃にあった。ワンアウト三塁とされ、スクイズで同点に追いつかれた。1対1。私の第二打席はまたも流し打ってのショートゴロだった。腰が痛くて、思い切り身体を動かせず、だましだましプレーをしていた。

この試合も延長戦になった。八回表、先頭の杉森君がセンター前ヒット。ノーアウト一塁で、私に打席が回ってきた。送りバントのサインが出た。私はバントが得意ではない。ぎこちなく構え、バントすると、打球はピッチャー前へ。二塁へ送球され、フォースアウト。私は一塁へ駆け込み、併殺は免れた。が、次の沢中君が初球、いい当たりのショートライナーを打った。キャッチされ、飛び出していた私も封殺され、ダブルプレイ。チャンスが潰えた。

ピンチの後にチャンスありとよく言われるが、落胆した私たちに対して、港町中学の打線が襲いかかった。先頭バッターがレフト前ヒット。続く五番バッターもライト前ヒットでノーアウト一、二塁。もう少しでライトゴロになりそうな際どい当たりだった。次のバッターが送りバントを決めた。ワンアウト二、三塁。1点でも取られればその時点で私たちの負けが確定する。ここで満塁策を取った。

ワンアウト満塁。私たち内野陣はスクイズを警戒して、前進守備を取った。しかし、相手バッターはそれをあざ笑うかのように強打し、打球はレフト前へ転がっていった。サヨナラ負け。私の中学野球は終わった。

私たちは一旦自宅に戻り、それからレギュラーだった者たちだけが山鐘キャプテンの家に集まった。皆でスイカを食べた。美味しかった。部活動を引退という形でやり遂げ、すがすがしい気分だった。途中でやめなくてよかった。苦しい苦しいと思いながらも続けることができたことは今やいい思い出だ。自分にまた一つ自信がついた。

進路

部活動を引退して、夏休みはダラダラと過ごした。寝てばかりいると身長がぐんぐん伸びた。二十センチ近く伸びた。身体が一回りも二回りも大きくなった。食べ盛りでもあった。毎晩ご飯をどんぶりで三杯は食べていた。暑くても食欲は低下しなかった。

二学期に入ってすぐの日曜日。富山でプロ野球球団の試合があった。川崎先生の伝《つて》があって、野球部員がボールボーイとして採用されることになった。私は六人のうちの一人に選ばれた。喜んで球場に行った。

ダブルヘッダー試合だった。三人ずつ一塁側と三塁側に分かれ、私は三塁側のうちの一人となった。硬球は文字通り硬《かた》かった。プロ野球選手を間近で見られたことは収穫だった。日当として千五百円もらった。朝から夕方まで働いてこの金額では中学生だからとはいえ割に合わないと思った。結構疲れたのでその夜は早くに寝付いた。部屋の窓を開けたまま寝たので喉をやられ、風邪を引いてしまった。翌日の月曜日、大事なテストがあったのだが、欠席せざるを得なかった。

高校受験に本腰を入れなければならない時期であったが、部活動が終わった反動からか、私は遊び惚けていた。友人たちと遊ぶことが楽しかった。縞草君の祖母宅に数人と連れだって、よく遊びに行った。一緒に勉強することもあったが、どちらかというとそれはそっちのけだった。

田堀良美に彼氏ができたと風の噂に聞いた。事実、放課後一緒に仲睦まじく彼氏と帰宅する姿を見かけた。あれほど私のことが好きだったくせに。自分勝手ながら、少し気にはなっていた。田堀良美の彼氏というのは、田堀良美と同じクラスのブラスバンド部でトランペットを吹いていたいけ好かない奴だった。長身細身で髪を横分けにし、キザな口調が特徴だ。気にはなったが、私は何食わぬ態度を崩さないよう努めた。自分とは関係ないことと割り切ることにした。

縞草君とは悪さもした。田堀良美をフッておきながら、性に目覚めたばかりの頃だったので、裸の女体に興味があった。市内の銭湯で女風呂をのぞける場所があるというので、夜二人でのこのこと出かけた。塀をよじ登り、のぞいた。何度も出かけた。一度番台の主人に見つかり、こらっ、と追いかけられたことがあった。そんなこともあり、縞草君とはより親交が深まった。

秋が過ぎて、冬が来た。受験直前になっても、私はなかなか志望校を決めることができなかった。自分は何をしたいのだろう。将来像が描けていなかった。高校には行きたいと思っていたが、それから先のことは何も考えていなかったといっていい。漠然と、高校でも野球をしてみたいと思っていた。でも、高校野球は硬式で、練習も中学の時以上に厳しいだろう。やっとのことでしのいでいた私に務まるか。私の技量が通用するか。不安だった。塾の授業前、山鐘君に声をかけられた。

「金井、高校、どこ行くか、決めたか?」

学校でも塾でも、その話題で持ち切りだった。むしろ遅いくらいだった。

「うーむ、まだ迷っているんだがな」

「おまえ、まだ迷っているのか、願書提出期限は明日だぞ」

「そうなんだけどな」

私は迷うというより、躊躇っていた。本当にこれでいいのかどうか。第一志望は富山城南高校だった。まだ創立六年の新設校である。普通科のみの進学校でもあった。その野球部は直前の秋の大会で県ベスト4に残り、甲子園出場も夢ではない位置にいた。果たして自分がその野球部でやっていけるかどうか。進学校だから勉強もしなければならない。大学に進学することも考えて、慎重に検討することにした。

「俺は城南にすることにした」

そう言ったのは、中学は違うが英語の塾で一緒になった益山武弘君だった。やはり中学で野球部に入っており、何かと私と馬が合った。気の置けない友人の一人だった。

益山君が城南に行くのなら……。私も心が傾いた。富山城南志望で受験することにした。

受験日間近になって、些細なことで縞草君と仲違いした。理由が何なのかさえわからない喧嘩をした。お互い気が高ぶっていたのかもしれない。口を利かなくなった。一緒に下校しなくなった。顔を合わせると、殴り合いをした。

高校受験

受験日が来た。冷え込んだ朝だった。私はかなり緊張していた。それで、腹をくだしていた。受験は二日にわたって行われるのであるが、初日の二時限目の理科のテストの時、猛烈に腹が痛くなった。試験官に言って、トイレに行かせてもらおうか。ぎりぎりのところまできた。すうっと息を吐いた。しばらくすると、楽になった。便意は去っていった。私はテスト問題に集中した。

出来はまあまあだった。初日のテスト終了後、受験票を会場の机の上に忘れていくという失態を演じ、二日目になって大慌てしたが、それ以外は完璧だった。

発表の日、父が運転する車で妹も一緒に三人で見に行った。見事合格していた。

「奇跡だわ」

妹がさかんに口にしていた。合格を報告するため、中学校へ行くと、縞草君も来ていた。

「金井、合格したのか」

「ああ」

「俺もだ」

縞草君はにこりと笑った。私たちは和解した。縞草君は私が合格した富山城南よりワンランク上の進学校に合格していた。

冒険旅行

高校合格のお祝いとして、一人で東京見物に行かせてもらうことになった。宿泊先は従兄の大学生の下宿に泊めてもらうことになっていた。私の目的は、プロ野球のオープン戦を観ることと、自分と同じ年の映画女優に会うことだった。

映画女優の名前は春江美奈といった。春江美奈は中学一年生の秋、大作映画の一般公開オーディションで二千人近い応募者の中から選ばれた、言わばシンデレラガールであった。少し小柄ながら、愛くるしい笑顔、鈴を転がしたような甘い声、澄んだ瞳、彼女の一挙手一投足が私を虜にした。映画は何回も観た。発売された写真集も買った。定期的に彼女の情報が載っている月刊情報誌も購読していた。記事はきれいに切り取って、ファイル式の下敷きに挟んでいた。

春江美奈に会いたい。一日でいいから、生で会ってみたい。次第にそう思うようになった。思えば思うほど、思いは募っていった。

ただ、彼女は映画が大ヒットし、人気が高まってもあまり芸能活動に本腰を入れようとせず、自分はあくまで一中学生、普通の女の子であることを強調していた。すべてにおいて、学業を優先させていた。そんな飾らない素朴なところも彼女の魅力の一つだった。

東京に行って、春江美奈に会う。大胆な計画を立てた。彼女の自宅が港区というのは彼女が雑誌のインタビューで答えていて、わかっていた。そこからの詳細な住所は地図とにらめっこして、野球で鍛えた足で歩き回り突き止める覚悟だった。春江美奈にしてみれば、自宅を探られ、いきなり押しかけられようものならば、迷惑この上ない話であろうが、彼女にのぼせ上がって思考力が低下していたその頃の私は決行あるのみと息巻いていた。

三月下旬、勇んで、東京行きの列車に乗った。三泊四日の小旅行の予定で、周遊券を買った。電車の中でうとうととし、目覚めて上野駅に着くと、従兄の兄さんがプラットホームで待っていた。

「学生服を着て来るとは思わなかったよ」

開口一番、従兄の兄さんは驚きの声を上げた。

「父がどうしても着て行けというもので……」

私は照れながら答えた。実際恥ずかしかった。よほどの田舎者だと思われはしないかと思った。従兄の兄さんの下宿は大塚駅の近くにあった。部屋に着くと、すぐに普段着に着替えて一息ついた。部屋は四畳半だった。トイレ共同。部屋に簡単なキッチンがついていた。従兄の兄さんはまずまず快適な一人暮らしをしているように私の目には映った。

「東京に来て、まずどこへ行きたい？」

と訊かれたので、私は正直に何を目的で来たか話した。

「うーん」

従兄の兄さんは腕を組んで考え込んだ。私は何を言われるか、ドキドキして待った。

「君のやろうとしている行動に関して、賛同できないなあ」

やはり、そうだろうな。まあ、理解されないだろうなあ。常軌を逸しているだろうし。

でも、私は断念するつもりはさらさらなかった。

「兄さんにはご迷惑をかけません」

私は強い決意を込めて宣言した。従兄の兄さんはそれ以上何も言わなかった。その日はそれで終わった。

会いたい一心

翌朝、朝一番で行動に移した。電話帳であらかじめ港区の春江姓の家の電話番号を調べ上げた。東麻布に一軒あった。メモして、その住所の近くの駅まで地下鉄に乗った。

東京の街は駅などでも案内がわかりやすく表示されていて、十五歳の私でも迷わず乗り換えなどをこなすことができた。私は今から自分がやらかすことがとんでもないことであるとは少しも自覚せず、ただ胸をわくわくさせていた。

目的の駅で降り、地上に出て、すぐ公衆電話ボックスに駆け込んだ。意気込んで、電話した。

「もしもし、春江さんのお宅ですか？」

「はい、そうです」

女性の声が出た。お母さんだろうか。

「あのう、美奈さん、いらっしゃいますか？」

「うちにそんな子、いません」

ガチャリと電話を切られた。当たり前だ。たとえいたとしても、出すわけがない。私は自分の愚かさを認識できていなかった。とんでもないことをしていたものだ。だが、必死だった。もう一度、電話してみた。結果は同じだった。家の住所の近くまで行ってみた。住宅街である。どこが春江美奈の家か特定できなかった。ほとんどの家で表札が出ていなくて、固く門を閉ざしたままだった。

これから、どうしようか。近くにあった公園のベンチに腰掛け、自動販売機で買ったコーラを飲みながらぼんやり考えていた。平日の午前中は人影まばらだった。春休みだったからか、私と同じ年頃の学生らしき者がチラホラいた。

「あのう、もしかしたら、春江美奈の家を探しているのですか?」

突然、背後から声をかけられた。振り返ると、先ほどから私と同じく近くを徘徊していた同年配の男子だった。

「ああ、そうですけど……」

私は答えた。

「俺、家見つけたぜ」

その男子は関西訛りで言った。肩まで伸びた長髪で、右目の横に大きなホクロがあった。身長は私より少し低いくらいだった。肩から一眼レフのカメラをぶら下げていた。

「え、どこ?」

私は思わず身を乗り出した。

「ついて来て」

男子が先導して、歩き出した。私は追従した。

「君、名前は?」

私は尋ねた。

「香取譲二。今春から高校生。神戸から来たんや。君は?」

「金井博信。僕も今度高校生。富山から来たんだ」

「富山って、どこ?」

意外な質問が返って来たので、私は説明するのに手間取った。

「ここや」

香取は一件の家の前で、足を止めた。門も家の外壁も黒塗りの目立たない家だった。若干老朽化していた。

「俺はもっと立派な家だと思っていたよ。春江美奈はお嬢さんっぽいし……」

香取が言った。同感だった。

「でも、住所はここで間違いないのだろ？」

「ああ、間違いない」

さあ、どうする、ここまで来たんだ。一目でもいいから、春江美奈に会いたいものだ。彼女が家から出て来ないものだろうか。

「しばらく待ってみようか」

香取が提案した。

「あそこの電信柱の陰で隠れていよう」

私も同意した。二人で春江美奈が家から出てくるのを待ってみることにした。

待っている間、二人でいろいろな話をした。香取は中高一貫校に通っており、写真部で活躍しているとのこと。それで立派な一眼レフのカメラを持っているわけだ。私は野球部だった中学時代の話をした。私も香取も春江美奈が大好きであることは一致した。出演映画を何回観たか、どのシーンが良かったか互いに言い合った。

情報誌によれば今の時期、春江美奈は次の映画の撮影に入っているはずだった。必ず家から出てくる瞬間があるはずだ。間違いないだろう。

時間が過ぎていった。春江美奈は出てこない。

「そういえば、腹が減ったね」

もう、昼時になっていた。私たちは張り込みを一時中断して昼食をとりに行くことにした。

近くにあった中華料理店に入った。二人ともラーメンを頼んだ。あまり美味しくなかった。急いでかき込んだ。食べている間に春江美奈が家から出かけるかもしれないからである。

すぐに電信柱の陰に戻った。様子に変わりはないようだ。引き続き、張り込みをする。香取とはかなり打ち解けて、もう何十年来の親友のように思えてきた。目的が同じなだけに、結束が強くなったようだ。

ただ、私たちは自分たちのことしか考えていなかった。ふと気づくと、近所の主婦らしき数人が私たちをちらちら見ながら井戸端会議をしていた。道行く人も私たちを振り返っていた。私たちはお構いなしだった。周囲が見えていなかった。春江美奈に会うことに夢中だった。

一度、門がガラガラと開いたことがあった。私たちは緊張した。香取がカメラを構えた。だが、誰も出てこなかった。肩透かしを食った気分になった。私たちはまた待つ身となった。ただひたすら、待った。

「おい、君たち、何やっているんだ?」

待つのにも少々飽きてきた頃、一人の年配のおじさんが声を掛けてきた。五十代ぐらいだろうか。人の良さそうな笑みを浮かべている。

「実は……」

私たちは迷ったが、春江美奈のことをおじさんに話した。すると、

「この家にそんな女の子はいないよ」

と、返事が返ってきた。

「本当ですか?」

「ああ、間違いない。私はここに住んで五十年になるがのう」

おじさんは言う。

ここではなかった、のか。私は香取と顔を見合わせた。さて、どうする。

「もしかしたら……」

香取が言う。港区というのはあくまで表向きのフェイクであって、実は他の区ではないか。

「俺はここの家だけではなく、電話帳に載っていた世田谷区の春江姓の家にも電話したのだけれど、感触として何かピンとくるものがあった」

香取は続けて言った。そうなのか。ここではないとすると、そういうことか。

「今から世田谷区の家に行くか」

私は提案した。日暮れが迫っていた。急がなければ。

私たちは駆け足で地下鉄の駅まで行った。世田谷区にある春江美奈の家の最寄り駅は京王線桜上水駅である。私たちは地下鉄を乗り継ぎ、まずは新宿駅まで行き、そこから京王線に乗り換えることにした。とんでもないことをしているという感覚が麻痺していて、やめようとは微塵も思っていなかった。

京王線桜上水駅に着くと、辺りはもう薄暗くなっていた。香取が手帳にメモした住所を電信柱の表示に従ってたどった。住居表示が明確なので、東京の街は私たち不埒な者に対しても親切で優しいとつくづく思った。

近くに畑のある一軒の家の前で足が止まった。表札に「春江」とある。ここだ。ただ、家族の名前も表記しており、そこに美奈の名前はなかった。

ここも違うのか。落胆した。では、どこだろう。思案してみた。

ふと、閃くものがあった。そういえば……。昨年十二月に発売された春江美奈の写真集にはやたらと港区赤坂で撮影された写真が多かった。彼女は学業を優先している。もしや、自宅が近くにあるから、その近辺で撮影されたのではないだろうか。

私はその考えを香取に話した。

「よし、じゃあ、明日赤坂へ行ってみよう」

「ごめん、明日、俺は他の用事があるんだ」

私は言った。明日は従兄の兄さんとプロ野球のオープン戦を観に行く約束をしていた。

「そうか。それじゃ、俺一人で行ってみるよ」

香取が言った。

「よろしく頼むよ」

本格的に暗くなった。私と香取は桜上水駅で別れた。香取は親戚の叔父さんの家に泊まっているらしい。春江美奈に会いたいのは私一人ではない。心強い同志ができたものだ。

従兄の兄さんの下宿に帰った。二人で近くのファミレスで夕食をとりながら、今日あった一連の出来事を逐一報告した。

「あんまり感心しないけどなあ……」

従兄の兄さんは苦言を呈した。でも、私の意志は固かった。なんとしても、春江美奈に会いたかった。明日はオープン戦見物、明後日の午後には富山へ帰る列車に乗らなければならない。そういう約束だ。私に残されたのは明後日の午前中しかなかった。それでもやり遂げたいという気持ちが強かった。夕食後、二人で銭湯に行き、下宿に戻り、ラジオの深夜放送を聞きながらうとうとした。

やっと会えた

翌日。オープン戦が行われる神宮球場に行った。プロ野球の試合を観るのは、ボールボーイを務めた時以来で、東京の本拠地で行われる試合を観るのは初めてだった。オープン戦とはいえ、開幕間近なので、両チーム白熱の攻防を見せた。ただ、私は香取が春江美奈の家を見つけることができたかどうか、そちらの方ばかり心が囚われ、気もそぞろだった。

帰り、池袋の百貨店で硬式用の木製バットを買った。高校で野球をやるとはまだ決めていなかったが、無意識のうちに準備していた。そういえば東京に来る前に、床屋で頭を五分刈りにしたこともそうだった。従兄の兄さんは私をゲームセンターに誘ったが、私は興味がなかったので断った。それよりも香取の動向が気になって、夜になると、聞いて書き留めておいた香取の連絡先に公衆電話から速攻で電話した。

「春江美奈の家、わかったで」

開口一番、香取は明るい声で言った。やっぱり、赤坂だったんだ。私は香取から聞いた赤坂の住所を書き留めた。明日の午前中、その住所のところへ行ってみようか。

「それより、春江美奈は、今新作映画の撮影をしているから、その現場に行けば会える確率が高いと思うよ」

香取には神奈川の慶応高校に通い映画研究会に所属する従兄がいて、その従兄の情報によれば、明日は午前中から田園調布で撮影をするらしい。そこに春江美奈が姿を現す可能性が大だというのだ。

「よし、じゃ、俺も明日の朝、田園調布に行く」

私は力を込めて言った。撮影現場の住所を聞いた。そこに香取は従兄と一緒に赴くというので、待ち合わせすることを約束して、電話を切った。

明日だ。いよいよ春江美奈に会えるかもしれない。身体中に力が漲ってきた。明日に備えて、今夜は早めに寝ようと思った。胸が早くもときめいていた。

翌朝、午前六時に下宿を出た。従兄の兄さんには昼までには戻ってくると伝えた。大塚駅から山手線に乗り渋谷駅まで。そこから東横線に乗り換えて、田園調布駅まで向かう。朝早いから電車はそんなに混んでいなかった。富山ではあまり乗ることがないが、電車の乗り降り、乗り換えなどももうお手のものになった。自分が少し大人になった気分になった。

田園調布駅に着いた。目的地まで歩く。自然と早足になる。田園調布は坂が多い町だった。上り下りが激しい。

幾つかの坂を過ぎると、映画の撮影現場らしき場所に遭遇した。ゆっくり近づいていく。香取がいた。今日私たちは慶応高校の映画研究会の会員ということで、見学の許可を得ていた。香取の横に、ひょろ長い手足をした賢そうな人がいた。この人が香取の従兄で、正真正銘の慶応ボーイなのだろう。映画スタッフとしきりに話し込んでいる。香取は愛用のカメラで何枚かスナップを撮り、それらしく振る舞っていた。私は映画の撮影現場なんて初めて来たものだから、興奮していた。田舎者だとバレやしないか、冷や冷やしていた。

朝早いにもかかわらず、撮影は始まっていた。私は隅っこの方で見学していた。そこへ、一台のタクシーが止まった。そして、中から一人の少女が降りてきた。

春江美奈だった。

やった、会えた。私はにこやかな顔になった。香取もそうだった。まるで、天から天使が舞い降りてきたような瞬間だった。

「おはようございます」

スタッフ全員に挨拶して回っている。礼儀正しい。好感が持てる。改めてこの女優が好きでよかったと思った。惚れ直した。

私はその場に立ち尽くしていた。見学者の立場で近づいていって、話しかけるのもおかしい気がした。最初からそれが目的だったのだろうと思われるのが恥ずかしかった。所在なく、ただその場に佇んでいた。

しばらくして、撮影場所を移動することになった。私と香取は自分たちも一緒に移動車に乗せて欲しいと厚かましくお願いしたが、却下された。ただ、これから調布市の撮影所に移動するから、そこにまた見学に来てもよいとの許可を得た。私と香取は電車で調布の撮影所に向かうことにした。田園調布駅から渋谷駅へ。渋谷駅から新宿駅へ。そこから京王線で調布駅まで向かう。

私に残された時間はあまりなかった。もし、帰りの列車の時刻に遅れたらそれはそれでその時までだ、と腹をくくった。

私と香取は移動の電車の中でこれからの打ち合わせをした。

「春江美奈にインタビューを敢行しよう」

香取が提案した。映画撮影の現場見学を設定した手前、どちらかというと香取の方に主導権を握られていた。

「わかった」

私は頷いた。

「インタビューは俺が写真を撮りながらやる。おまえは横に立って、テープレコーダーを回していてくれ」

「でも、君は関西弁丸出しだから、慶応ボーイというのはおかしくないか?」

「そんなことはない。従兄の兄さんは慶応高校にも関西から来ている者が何人かいると言っていた。おまえの方が訛っているから、おかしい」

「そうか……」

私は言いくるめられた。まあ、いい。憧れの春江美奈に会えたのだから。欲はかかないことにしよう。

調布の撮影所に着いた。監督が話を通しておいてくれたみたいで、すんなり中へ入ることができた。

「君たち、このお金で食堂で何か食え」

監督はそう言って、香取に千五百円渡した。私たちは腹が減っていたので、そのお金で食堂でカツカレーを食べた。おつりは律義に返した。

「三十分だけだぞ」

監督に春江美奈へのインタビューを申し込むと、渋々了承してくれた。私たちは喜んでプレハブ小屋の監督室の外で春江美奈にインタビューした。打ち合わせ通り、私が春江美奈の横に立って香取が用意した小型のテープレコーダーを回し、香取が写真を撮りながらインタビューした。

夢のような時間だった。春江美奈と今回の新作映画について、やり取りをした。あっという間だった。私は横に立ち、その存在に見とれていた。私も二言、三言話したが、何を話したか思い出せない。

インタビューは終了した。

「ありがとうございました」

終えた後、春江美奈に深々と一礼した。

私は帰りの列車に乗るため、急がなければならなかった。時間が迫っていた。

「それじゃ、俺、帰るよ」

私は香取に言った。

「俺はもう少し写真を撮るため、残るよ。写真ができたら送るよ」

香取が言った。私は香取に富山の住所を教えた。

私は急いだ。果たして、間に合うかどうか。

なんとかギリギリであったが、間に合った。大塚の下宿で従兄の兄さんと合流し、上野駅に向かった。思えばこの兄さんには世話になりっぱなしで、心配もかけた。

「いろいろとありがとうございました。お世話になりました」

私は春江美奈にした時と同様に、深々と頭を下げた。従兄の兄さんは餞別に駅のキオスクでお菓子を買ってくれた。

列車は出発した。楽しい旅だった。目的も果たすことができた。散々人に迷惑をかけたけれども。

富山に帰って、旅の疲れが出たのか、高熱にうなされ、風邪を引いてしまった。従兄の兄さんにお世話になったお礼に伯父さん宅に行かなければならないところだったが、それどころではなかった。

第三章　高校時代

硬式野球部の世界へ

昭和五十五年四月。高校生になった。富山城南高校には自転車で自宅から片道三十分かけて通うことになった。いい足腰の運動だ。一学年九クラスあるうち、私は七組になった。担任の先生は松笠秀子という中年の女性音楽教師だった。南海中学から進学した数名と同じクラスになった。

懸案の野球部入部は躊躇っていた。自分が野球選手として高校野球でやっていけるかどうか自信がなかった。入学式後の放課後、グラウンドに目を遣ると、新入生でもう練習に参加している者が二、三人いるようだが、私はしばらく静観しようと思っていた。

入学式から二日経った日のある休み時間のことだった。私のクラスに二年生の坊主頭の先輩が一人、私の名前を呼んで教室に入って来た。

「金井はいるか？」

「僕ですけど……」

何事かと思い、促されるまま廊下に出ると、三年生の村木悟先輩がいた。村木先輩は南海中学の野球部の先輩で、富山城南に進学後、野球部のキャプテンを務めているという話だった。

「よう、金井」

「……、お久しぶりです」

私は緊張した。何を言われるのだろう。

「おまえ、野球部に入るだろ？」

一瞬、間が空いた。それから、私は返事した。

「……はい」

断ることなんて、できなかった。蛇に睨まれた蛙のようなものだった。

「よし、じゃ、放課後、グラウンドへ来い。今日は見学だ」

「はい」

弱々しく、私は答えた。成り行き上、仕方がない。私は高校でも野球部に入ることを決めた。今度は硬式である。高校での野球は甲子園という存在がある。練習はより一層、厳しそうだ。やっていけるかどうか。

放課後、グラウンドのバックネット裏で見学した。益山君も来ていた。益山君も合格していたのだ。野球部に入るつもりだという。他に入部希望者が二、三人いた。もう、やるしかない。

翌日から練習に参加した。新入部員で南海中学野球部出身者は私一人だった。南海中学野球部出身者は三年生に村木キャプテンを含め二人、二年生に二人いた。うち、一人は山下先輩だった。野球部員は三年生が八人、二年生が十二人とこぢんまりとした所帯だった。監督は三十代の痩身の眼鏡をかけた牧田繁雄という数学教師だった。私のクラスの数ⅡBを受け持っていた。

まずは球拾いだった。白いユニフォームに着替えて、ボールを追った。硬球を握るのはボールボーイを務めた時以来だった。相変わらず石のように硬くて重いと思った。

私と同じ新入部員は二十名いた。そのうち中学最後の夏の大会で敗れた港町中学野球部出身者が四名もいた。私はそのうちの一人、林裕一君と仲良くなった。

「縞草って、知っているか?」

林君は縞草君と幼馴染みだそうだ。共通の友人がいて、盛り上がった。林君は私と同じ左投げ左打ちで、希望ポジションはピッチャーだった。やや小柄だが、中学まではエースピッチャーがいたため、ファーストを守っていたそうだ。

私はファーストを希望ポジションとした。中学三年生の時開眼したバッティングの面白さに取りつかれていたからだ。バッティングで勝負したかった。入部した新入生二十名のうち、左投げ左打ちが私と林君を含め四人もいた。私以外はいずれもピッチャー希望だった。

　入部早々、私はバケツ事件というものを引き起こしてしまった。ある日の練習前、前夜降った雨によってできたグラウンドの水溜まりの水を除去するために、学校の各所からバケツを調達してくるように先輩に命じられた。私は図書室から一つ借り受けた。それを返すのをすっかり忘れていたのだ。

「借りて行った生徒はどこのどいつだ！」

　しばらく経って、図書室の教員が野球部の部室に怒鳴り込んできた。

　私は身を隠すようにしていた。最後まで名乗り出なかった。結果、臆病者、卑怯者となった。高校生活のしょっぱなに汚点がついた気がした。

　富山城南は進学校らしく、勉強に厳しかった。創立七年目で、既存の進学校に追いつき追い越せとばかりに進取の気質に溢れていた。部活動も活発だった。

　ゴールデンウィーク直前の週末から春の県大会が始まった。富山城南は前年秋にベスト4に入った強豪校らしく、一、二回戦を勝ち抜いた。私は他の一年生とベンチ入りを逃した二年生と一緒に球場のスタンドで応援した。私も早く試合でプレーをしてみたかった。

　チームは三回戦も勝ち、ベスト8に進出した。ゴールデンウィークは大会の試合と練習に明け暮れた。毎日がくたくたになった。大会は準々決勝で敗退した。

　ゴールデンウィークが明けると、すぐ校内マラソン大会があった。

「誰か必ず一位を獲れ。いいな」

村木キャプテンから直々に一年生に厳命が下された。大きな課題だった。マラソン大会では男子は学年別に約十キロの道のりを走る。私は走るのが苦手だった。恥ずかしい順位だったら、どうしよう。消極的な考えばかりが脳裏をよぎった。

野球部の練習中や体育の時間でもマラソンコースを何度も走った。体育の時間では野球部に入っている手前、頑張ってクラス一位を走った。思いがけないことだったが、中学の時よりかなり体力がついていることを実感した。

マラソン大会の日。真面目に走った。野球部で北町中学から来ている花武《はなたけ》真一君が一位を獲った。村木キャプテンからの厳命を守ることができた。私は二百三十名中二十位だった。クラスの中では一番だった。少し自分に自信がついた。

成長

高校生になって、私はもはや弱々しい軟弱者ではなくなっていた。身長も百七十八センチまで伸び、野球部でも大柄な方になって活発になった。中間テストの準備のため、部活動が停止された期間を利用して、春江美奈が吹き替えを担当している新作アニメ映画を観に行った。久し振りに彼女の声が聞けたのが嬉しかった。彼女も新しい生活で頑張っているようだから、私も頑張ろうと思った。

中間テストの出来は散々だった。ほとんど勉強せずにテストを受けたのだから当たり前だ。学年順位は四百五人中三百五十番だった。高校に入学したことで気が緩んでいた。

四月の下旬に香取から封筒が届いた。中にはあの時撮っていた春江美奈の写真が数枚入っていた。その中の一枚に私と春江美奈がツーショットで写っている写真もあった。私は感激して、縞草君にそのことを電話で報告した。縞草君は高校進学と同時に祖母宅から海岸沿いにある実家に戻っていた。夜、自転車で写真を見せに縞草君宅まで行こうとしたが、道に迷ってしまい、果たすことはできなかった。学校に持っていき、クラスメートに自慢気に見せた。そして、得意そうにその時の行程を話した。


「一年生全員、マシーンの球を五球ずつ打ってみろ」

中間テスト後の練習中、牧田監督から指示が出た。チャンスだ。チャンスが来た。自分の実力をアピールする時が来た。夜、家に帰ってから日課にしていた素振り二百回はその頃はサボりがちであったが、なんとかなるだろうと思った。

背の高い者順に打つことになった。私は二番目に打席に入った。ヘルメットをかぶり、バットを構えた。初球。思い切り、バットを振った。当たったが、振り遅れで力ないサードフライになった。二球目、三球目はファウル。四球目は空振り。ちょっと力が入っているようだ。

「ラスト」

五球目。気合いを入れて、ミートした。しかし、セカンドゴロ。私の打席は終わった。いい結果は残せなかった。やっぱり、日課の素振り二百回はサボらず実行しておくべきだったと後悔した。

同じ一年生が次々に打席に入っていく。目を瞠《みは》ったのは私と同じ左打ちの林君だった。マシーンのボールをものともせず、右中間に運んでいた。鋭い振りを見せていた。多邑久《たおく》中学から来た同じ左打ちの知多武司君も負けじと打ち返していた。この二人が実力的に双璧をなしていた。その日から二人はレギュラーメンバーに混じって練習することを許可された。私は球拾いのままだった。

梅雨入りし、暑くなってきた。野球部の練習もこれまで以上に、日増しに厳しくなっていた。帰宅時間が夜八時を越えることが連日続いた。私は夕食をとって、日課の素振りをして、寝るだけの生活だった。勉強もしなければならなかったが、手につかなかった。遊ぶなんてもってのほかだった。毎日野球以外のことは考えられなかった。

「おまえたちには甲子園を狙える力がある」

練習後のミーティングで、牧田監督が私たち選手を前にして訓示していた。私は半信半疑で聞いていた。チームはそこそこ強かったが、脆くもあった。春の県大会は準々決勝でコールド負けを喫していたからだ。野球部員は皆、牧田監督を嫌っていた。さしたる指導法もなく、場当たり的な采配が目立っていた。結果がよければ喜び、悪ければ鉄拳で制裁した。ただそれだけだった。監督自身に野球経験があるわけでなく、素人に毛が生えた程度だった。技術指導ができないので、何かと精神論をぶった。それぐらいしか言うことはないみたいだった。気分屋で、自分が気に入った選手しか試合で起用しなかった。監督がああだから……、と半ば諦めている先輩も多かった。昨年秋の県大会でベスト4に進出できたのは、主力選手が下級生の時から出番を与えられ、自分たちの代になって蓄えていた力を発揮したからであった。

チームのエースピッチャーは、尾中修三先輩。三年生。南海中学の出身だ。百七十センチに届かない小柄な身体から、力強いストレートを投げる。一年生の時から主戦ピッチャーを務めていた。バッティングも鋭いものがあった。その投打にわたる活躍がチーム躍進の原動力となっていた。

一番レフト橋織《はしおり》哲也先輩から始まる打線も強力だった。地元新聞のチーム紹介記事では優勝候補の一角と書き立てられた。期するものがあった。

期末テストが終わった。また散々たる成績だったが、そんなことはどうでもよかった。私のもっぱらの関心事は夏の大会のことだった。組み合わせ抽選も決まった。初戦は二回戦からとなった。その最終調整をしている時だった。

野球部に激震が走った。練習中、尾中先輩が二年生の控え捕手本谷純一先輩と一緒に便所で煙草を吸っているところを生活補導の教師に見つかってしまったのだ。ランニングに出かけると言っていたが、一服していたらしい。牧田監督は激怒したが、尾中先輩には手を出さず、本谷先輩だけを何度も平手打ちした。

「なぜ止めなかったんだ。それがおまえの役目だろ」

そう連呼して、怒り狂った。結果、尾中先輩と本谷先輩は一週間の停学処分となった。本谷先輩は退部処分にもなった。尾中先輩は三年生のエースピッチャーということで野球部に留め置かれたが、停学となったことで、初戦と入場式には出場できなくなった。

「このことは部内秘だ。絶対口にするな」

事件が発覚したことにより、夏の大会出場辞退も検討されたが、極秘にして強行出場することになった。野球部員全員に緘口令《かんこうれい》が敷かれた。

惨敗

七月二十六日。富山城南野球部夏の大会初戦の日。野球部員は全員富山県民球場に集合となっていたが、肝心の牧田監督がなかなか姿を現さなかった。試合道具はバット、ヘルメット、練習用ボールとも牧田監督が自分の車で運んで来ることになっていた。練習用のボールが来なければキャッチボールもできない。私たちはじりじりとして待った。

約束の時間から三十分遅れて、牧田監督はやって来た。明らかに不機嫌だった。こんな時、チームの雰囲気は最悪だった。いいことがなかった。

案の定、試合では立ち上がりから暗雲が立ち込めた。尾中先輩に代わり先発した二年生の背番号11の林田良一先輩は制球を乱し、初回に2点奪われた。三回表にも1点献上した。そのうえ、強力打線と評判だった富山城南打線は1点を返すのがやっとだった。四回表途中で、林田先輩から普段サードを守っている三年生の水井達也先輩にスイッチした。防戦一方だった。

「尾中君はなぜ試合に出ないんですか？」

試合の途中、スタンドで応援している私たちのところへ新聞社の記者がやって来て質問した。私たちは指示通り、口をつぐんだ。

1対3で迎えた八回表。疲れが見え始めた水井先輩が打ち込まれた。満塁、満塁と攻め立てられ、一挙6点取られた。1対9。八回裏の攻撃で最低でも2点取らなければコールド負けになってしまう。

八回裏。ワンアウトから橋織先輩のスリーベースが出た。二番村木キャプテンがセカンドフライに倒れツーアウトとなったが、三番二年生の元杉守《まもる》先輩が意地のレフト前タイムリーヒットを打った。しかし、反撃もここまでだった。四番センターの沢永敦夫先輩もフォアボールを選んだが、最後、五番キャッチャーの谷江正敏先輩が大きなセンターフライに倒れ、試合終了。２対９のコールド負け。エース不在とはいえ、無様な惨敗だった。終了後、元杉先輩や谷江先輩が号泣していた。それを見て、私は新チームでの雪辱を誓った。

新チームのキャプテンは元杉先輩となった。練習開始は八月一日からとなった。が、翌日、野球部の連絡網により、益山君から家に電話がかかってきた。私は日中ロケ現場を見学した春江美奈のあの新作映画を観に行っていて留守だったが、母が出た。

「牧田が夏の大会の結果が悔しくて悔しくて仕方がないから、今日から練習するのだとよ。いきなり炎天下で、マラソンコースを走らされたよ」

夜、折り返し電話してみると、益山君がそう伝えた。来なかったのは、連絡がつかなかった私と林君の二人だけだという。早くも練習開始。ぞっとした半面、夏の大会終了後の先輩たちの大号泣を思い出し、やる気を奮い立たせた。

翌日からは練習に参加した。

「希望ポジションはファーストです」

私は自分の希望を述べた。まずはふるいにかけるノックがあった。私は少し緊張していたこともあり、ポロポロ落球していた。それで、練習メンバーからは外された。相変わらずの球拾い要員となった。

「またいつか、チャンスが来るからな」

二年生の先輩たちが慰めてくれた。部員間の雰囲気は牧田監督に対する時の殺伐としたものと違って、和気あいあいとしたものだった。練習メンバーから外された者の中には、早くも退部を決意した者もいた。私は残った。中途でやめるのは嫌だった。甲子園出場という夢も諦めたくはなかった。

新チームでは二年生が大半のレギュラーを務める中、林君が二番ライトのポジションをつかんだ。サウスポーの知多君もリリーフピッチャーの地位を確立した。私に焦りの気持ちが生じた。

練習試合では、チームは勝ったり負けたりだった。弱いチームには勝つが、強いチームにはぼろくそに負ける。小官僚的な牧田監督の性格がそのまま表現されたようなチームカラーだった。私が試合で起用されることはなかった。間違ってもなかった。

富山県では、夏休みが終わると、すぐに秋の大会が始まる。私はベンチ外の応援要員としてこの大会を迎えた。

まずは地区大会があった。会場は県下の伝統校富山西商業のグラウンド。富山西商には荒田君と杉森君が南海中学から進学していて、硬式野球部に在籍していた。

「よお」

久々に荒田君と顔を合わせた。かなり逞しくなっていた。

一回戦。相手は私立の強豪越中《えっちゅう》第一だった。先発ピッチャーは大柄で、力のあるストレートを投げていた。

一回表。先攻の私たち富山城南は一番センカンドの山下先輩が、速球をものともせず、いきなりセンター前ヒットを打った。二番林君。送りバントを二度失敗した。三球目。打って出て、ピッチャーゴロ。ピッチャー→セカンド→ファーストとわたり、ダブルプレイ。あっという間にツーアウトとなった。その後三番センターの元杉キャプテンがサード内野安打で出塁するも、四番ファーストの安田勝昭先輩が三振に倒れ、スリーアウトチェンジ。この回無得点に終わった。

試合は序盤、投手戦になった。先発ピッチャーの林田先輩が踏ん張っていた。それでも三回裏、先頭バッターのセカンドゴロを山下先輩がエラーしてから、ガタガタと崩れた。この回2点奪われる。富山城南は反撃できず、四回裏に1点、五回裏に2点追加された。

六回表。ようやく1点返した。五番キャッチャーの本谷先輩がホームランを打った。本谷先輩は夏の不祥事で退部扱いになっていたが、牧田監督に泣きついて母親付き添いの上で詫びを入れ、復帰を許されての出場だった。富山西商のベンチ外要員で、ボールボーイを務めていた荒田君がホームランボールを届けてくれた。

1点返したことで意気が上がるかと思っていたが、林田先輩をリリーフした知多君が制球難もあり打ち込まれ、六回裏、3点取られた。1対8。七回表に1点でも取らなければ、コールド負けだ。
七回表。あっさり三者凡退した。試合終了。終わってみれば、淡白な試合だった。完敗だった。終了後のミーティングで、いつものように牧田監督は激怒していたが、皆上の空だったように思う。九月の半ばにして、早くも今シーズンが幕を閉じてしまった。

思春期の憂い

高校生活にもすっかり慣れた。定期テスト、球技大会、運動会などの学校行事をこなしていく。それほど親しいかというとそういうわけでもなかったが、クラスメート、野球部の仲間を中心に友人知人が多くなった。勉強ができないことや野球が上手くいかないことを除けば、何不自由のない生活を送っていた。私はクラスでも人気者の一人だと自分では思っていた。

秋から冬へ。冬のオフシーズンではボールを使わない単調な体力トレーニングが続いた。私は音を上げることなく、練習についていった。入学当初二十名いた同じ一年生の野球部員は十二名に減っていた。レギュラーになれそうもないとわかった者は皆、やめていった。女の子と遊んだり、ギターを弾いたり、隠れてバイクに乗ったり、他に楽しいことはたくさんあるのだ。私もどうやら自分がレギュラーになるのは危ういと思った一人だった。でも、やめなかった。野球が好きだったし、途中でやめるのは格好悪いと思っていた。二年生になれば何か劇的に状況が変化するかもしれないと期待していた。

富山城南では二年生に進級する際、文系と理系に分かれることになった。私は文系を選択した。理数系の科目が苦手だったし、文系の方が女の子が多いからという理由によってだ。安易な考えだった。

一年生の終わり頃、気になる女の子ができた。名前を村岡純子といった。女子硬式テニス部員だった。小柄で小麦色に焼けた笑顔が可愛らしかった。どことなく春江美奈に似ていると思った。一年生の時、彼女は隣の六組だった。二年生で同じクラスになれればいいな、と思っていたら本当に二年生で村岡純子と同じ五組になってクラスメートになった。

ところが、うきうきと喜んでばかりはいられなかった。私はこの頃、思春期特有の自意識の目覚めを感じていた。

「自分はいったい何者だろう？」

私はただの高校生だった。野球部に所属しているが、一年経っても球拾い要員の冴えない部員だった。学業の成績もそれほど良くない。姿形も普通で、坊主頭だ。人に誇れるものが何もない。とても女の子と付き合える輩ではない。村岡純子と親しくしたいが、そのことが許されないのではないかというジレンマが心の中に生じていた。いつしか、春なのに、暗く憂鬱になっていた。

おまけに、野球部に新入部員が入って来たのであるが、入学式前に練習に参加してきた三人はいずれも中学時代県の大会で準優勝した経歴を持つ逸材だった。そのうちの一人の赤川周一は、私と同じ左投げ左打ちでファーストを希望していた。中学時代は三番を打っていたという。

私は抜かれるかもしれない。強烈な焦りを感じた。相変わらず私は球拾い要員だった。自分たちの代になっても、ベンチに入るのも際どくなってきた。下級生に抜かれたら、猛烈に格好悪い。恥ずかしい。それだけは避けたかった。でも、今はどうすることもできない。同じ球拾い要員だった益山君が練習試合で審判を務めていたというだけで、レギュラーメンバーの練習に加わったことも焦りに拍車をかけた。

牧田監督は輝かしい経歴を持つ新入部員の三人を優遇しようとした。赤川にバッティング練習をさせてみた。強烈なライナーを打っていた。残る二人はバッテリーで、ピッチャーの中松信彦はその実力を評価され、早くも春の県大会で、ベンチ入りできることになった。

私は自分が嫌になってきた。無口になり、暗くなっていった。春休み、何度か野球部の練習をサボった。とてもじゃないが、野球をやるどころの精神状態ではなかった。それでも、新学期はやって来た。私のクラスの担任は、今度新しく富山西商業から転任してきた四月から野球部副部長を務める岡田芳樹先生だった。

運良く村岡純子と同じクラスになった二年五組で、四月、最初の席替えがあった。彼女の席の近くか、授業中彼女を眺めることのできる席がいいなと思っていたら、なんと隣の席になった。

「金井君、よろしくね」

彼女に挨拶されたが、私は自意識過剰でろくに返事がでなかった。彼女は社交的で、活発な女子のようであった。明るくはきはきとした話し方をした。一方の私は冴えない坊主頭の、暗い運動部員らしくない男子だった。彼女と満足に話すことができなかった。正面切って見つめることもできず、こっそり様子を窺っていた。

野球部では知多君が二年生ながら林田先輩からエースの座を奪っていた。林君が練習中に牧田監督と意見が衝突し、親孝行がしたいからという訳のわからない理由をつけて退部した。

私は球拾いのままだった。有望な下級生が入って来て、焦りに焦っていた。その挙げ句、牧田監督に練習をさせて欲しいと直訴することにした。面と向かっては言いにくい。電話で話をすることにした。

夜七時。自宅から牧田監督宅へ電話した。番号は学校の名簿に記載されていた。呼び出し音が鳴る間、胸が高鳴っていた。今からとんでもないことをする。やめるなら、今だ。心の奥底でもう一人の自分が叫んでいた。でも、私は続行した。出た。

「もしもし」

女の声だった。奥さんだろうか。

「あの、野球部二年の金井といいますが、牧田監督いらっしゃいますか」

名乗った。

「少々お待ちください」

まだ、間に合う。電話を切れ。もう一人の自分は叫ぶ。でも、そうしなかった。

「牧田ですが」

牧田監督本人が出た。私は一気呵成にしゃべった。

「あのう、ぼ、僕、バッティングに自信があるので、僕も練習させてください」

言ってしまった。流ちょうに話したつもりだったが、ところどころつまってしまった。

「もうすぐだぜ」

牧田監督は言った。私はその一言で気勢をそがれ、黙ってしまった。黙って牧田監督の話を聞く羽目になった。

「もうすぐ、夏が来れば、おまえたちの代になる。そうすれば、思う存分練習できるぜ」

「は、はあ……」

「富山城南は進学校だ。だから練習時間も場所も限られている。その状況下で強くなるにはレギュラーメンバーを優先して練習させるしかないんだ」

「…………」

「おまえ、それとも俺のこの指導方法が不服というのか」

「い、いえ、そういうわけじゃないんです。僕はただ……」

「だったら、こんな電話かけてくるな。わかったな。勉強して、早く寝ろ。いいな」

電話は切れた。最後は言いくるめられてしまった。私は頭に血が上ってしまって、のぼせ上がっていた。

こんな電話をしてどうなるだろう。牧田監督はどう思うだろう。明日から私にバッティング練習をさせてもらえるだろうか。いや、夏まで待てと言った。それより、指導方法に異を唱えた不届き者と思うかもしれない。私はとんでもないことをしてしまった。でも、後の祭りだ。やってしまったことは仕方ない。明日から切り替えて頑張ろうと思った。

翌日からの練習に変化はなかった。ただ、ベースランニング中によたよた走る私を見て、

「金井は駄目な奴だな」

と言う牧田監督の声が私の耳に届いた。私はいつも通り球拾いに精を出すしかなかった。

春の県大会。富山城南は地区大会を勝ち抜き、本大会に出場できることになった。ただ、日程が雨天順延などにより、平日授業の行われる時間に試合が組み込まれた。よって、私のような応援部員は試合に同行せず、学校で授業を受けることになった。

「金井君は、今日野球部の大会なのに、どうして行かないの？」

村岡純子に素朴な質問をぶつけられた。下手くそで駄目な部員だから連れて行ってもらえないのだとは口が裂けても言えなかった。恥ずかしかった。私は答えなかった。

「見せて」

一度村岡純子に私がファイル式の下敷きに入れていた香取が撮った春江美奈の生写真を見せたことがある。彼女はしげしげと見つめていた。私は彼女に春江美奈と会ったことがあると自慢した。何の自慢になるかわからなかったが。今は遠い存在の春江美奈より村岡純子の方が何倍も好きだった。春江美奈は高校生になってからも学業を優先させながら精力的に映画の撮影をしているようだった。私とは遠い存在になっていた。

春の県大会は昨年に続きベスト8に進出したが、準々決勝で伝統がある強豪校の高岡情報にコールド負けした。

万事休す

野球が駄目なら、勉強も駄目だった。一学期の中間テストで本気で勉強してみた。定期テストで各教科学年十位以内に入ると、名前がプリントに表示される。私はそこに入るのを目標に必死に勉強した。名前が表示されたならば、皆も少しは私を見る目が違ってくるのではないかと思ったのだ。全教科はさすがに無理なので、中学の時得意だった英語のうち、リーダーを重点的に勉強した。

テストの答案が返ってきた。八十三点だった。十位以内に入るかどうか微妙な点数だった。私は願った。が、思い叶わず、十位以内に入ったのは八十四点までだった。私の目論見はもろくも崩れた。もう勉強を頑張る意欲が失せてしまった。

校内マラソン大会だけは、張り切って走った。見事七位入賞。体力のなかった中学生時代の自分には信じられない好成績だった。だが、だからといって、誰も褒めてくれなかった。上には上がいた。野球部で二年生になってベンチ入りを果たしていた草場孝司君が学年で一位を獲得していた。私は自分で自分を褒めるしかなかった。

梅雨が明け、夏がやって来た。私は相変わらずの体たらくだった。林君はいつの間にか野球部に復帰していて、ファーストのレギュラーの座をつかんでいた。知多君はエースピッチャーだったし、次期キャプテン候補の草場君はキャッチャーの練習をしながら内外野どこでも守れるユーティリティ選手として活躍していた。益山君は次期サードのレギュラー候補だった。私は、私は……。

夏の大会。今大会もスタンドで応援組だった。憂鬱で仕方なかった。怠惰でもあった。早く負けろと思っていた。一方で相反するようだが、勝ち進んで少しでも待っている自分たちの代での夏休みの練習が短くなればいいのだが、とも思っていた。

大会は二回戦で負けた。負けた相手は絶対に勝てるチームだった。富山城南のこの年のチームは勝負に弱かった。試合終了後、不甲斐ないピッチングをした知多君があまり貢献できなかったと項垂《うなだ》れていた草場君と一緒に泣いていた。私に涙などなかった。

いよいよ、自分たちの代だ。やる気はあった。だが、先行きは楽観できなかった。私が希望するファーストのポジションには林君が旧チームからレギュラーを務めており、私がレギュラーに抜擢されるのはまずあり得なかった。それだけではない。中学時代県大会準優勝チームの三番バッターだった一年生の赤川も控えており、ベンチ入りさえ危ぶまれていた。ならば、ポジションを変えてみたらどうだろう。私は左投げだったので、あとは外野かピッチャーしかなかった。外野はできそうになかった。フライの目測を正しく察知できなかった。肩が弱いとみられていたので、ピッチャーも無理のようだった。私はよくてファーストの控えに甘んじるしか道はなさそうだった。

夏の大会終了後からしばらく、練習は休みということだった。私は野球部の仲間の田和《たわ》義春君の家に泊まりがけで遊びに行った。同じ野球部の何人かと一緒だった。すると、田和君の家に牧田監督から電話があった。明日から練習をするから、学校に来いという。今年も朝令暮改だった。私たちが遊びに来ていることは知らないはずなのに、どこで聞いたのだろうか。

翌日、学校に行くと、まずミーティングがあり、草場君がキャプテン、知多君が副キャプテンに決まった。各自それぞれ希望ポジションを述べた。私はファーストを希望した。

皆からピッチャーをやるのはどうか、と提案されたが、できないとやんわり断った。

練習は体力作りから始まった。三日間、ランニングなどの体力トレーニングをした後、キャッチボールをした。トスバッティングもした。それから、

「まずは守備からだ。守備を鍛える」

牧田監督の号令の下、ノックが行われた。私はファーストのポジションでノックを受けた。父親にねだって、高価なファーストミットを買ってもらった。林君は部で買ったファーストミットを使っていた。赤川は普通のグローブを使っていた。

ノックを始めた初日、実は私の母親方の曾祖母の葬式の日だった。だが、私は練習を休むのが嫌だったので、式を早々に切り上げ、練習に参加していた。

ノックを始めた二日後、ようやくバッティング練習が行われることになった。ところが、

「金井は打たなくていい」

牧田監督は非情にも言った。なぜ？　私は凍り付いた。思い当たるのは春先の電話だ。

私が直訴の電話をしたので、その意趣返しのつもりなのだろう。

私は黙って従うしかなかった。高校野球において、監督の命令は絶対だ。異を唱えることはできない。できるのは退部することぐらいだけだった。

私はフリーバッティングの練習の時も、ファーストの守備位置で打球を処理する守備だけの選手になってしまった。仲間が気持ちよさそうにバッティングするのをただ黙って見

守ることしかできなかった。

　練習試合などでも当然のように起用されない。私はますます内向的に、暗くなっていった。

「おまえたちは下手だ。富山城南史上最弱のチームだ。知多が打って投げて勝つしかない。知多のワンマンチームだ」

　牧田監督が練習後に語っていた。そう言われると、やる気がそがれた。確かに私たちの代のチームは弱かったのは事実だった。練習試合では連戦連敗が続いた。でも、決めつけるのは良くないと思った。自分の指導力のなさを棚に上げて、と私たちは陰で愚痴っていた。

　八月の下旬にこの年から開催された新人大会があったが、チームはさしたる成績を収めることができず、夏休みが終わった。九月になると、秋の大会が始まる。私はなんとかベンチ入りメンバーには選ばれたものの、単なる人数合わせのためであり、完全な戦力外選手だった。直前の練習試合では一塁審判を務めるよう指示された。

　秋の大会初戦の二日前、運動会があった。

「大事な大会前に怪我でもされたらかなわないから、運動会では手を抜くように。いいな」

　牧田監督が姑息なことを言っていた。

秋の大会初戦。試合前のシートノックで私はライナーで飛んできたボールを眉間に当てるという失態を演じた。それで、ますます厄介者扱いされることになった。試合は一回表に富山城南が相手先発ピッチャーの制球難につけ込み、ワンアウト二、三塁のチャンスを作ったが、知多君、五番ライトの田和君が凡退し、無得点。その後投手戦となったが、対戦相手の立山高校に効果的に点を入れられ、0対7で七回コールド負けした。私は敗色濃厚の六回裏に伝令に走っただけだった。

今年もシーズンの終わりを告げるのが早かった。あとはあらかじめ組まれていた練習試合をこなすだけであった。おそらく私が起用されることはないであろうと思っていた。ところが、

「金井、代打だ」

十月の中間テスト前の最終試合で牧田監督が指示を出した。思ってもみないことだった。私は慌ててヘルメットをかぶって、バッターボックスに向かった。

局面は六回裏、1対3でリードされている。ワンアウト一塁。私は主審に代打の旨を告げ、左バッターボックスに入る前、ちらっと牧田監督のサインを窺った。なんと、送りバントのサインを出しているではないか。ここで送りバント。あり得ない。代打を出してまで。私はバントが下手だ。さらに、日頃バントの練習などしていない。それでも従うしかなかった。新チームでの牧田監督の野球は、塁にランナーが出たら確実に送り、1点1点

を取っていく旧態依然としたものだったが、それにしてもこの局面でのバントはおかしいと思った。

私は渋々送りバントの構えをした。初球。相手ピッチャーが投げた。ストレート。バットに当たったが、ファウル。二球目もファウル。0―2。追い込まれた。牧田監督は苦虫を噛み潰したような顔をしている。打てにサインが変わった。三球目。ストレート。私は空振り三振。バッティング練習をさせてもらっていないのに、打てるわけがない。すごすごとベンチに引き揚げた。

「打てない奴はバントするしかないだろうが」

牧田監督が吐き捨てるように言った。私は言い返したかったが、黙ったままでいた。試合はそのまま負けた。

東京を目指して

何をやっても、上手くいかなかった。その後、村岡純子と進展はなかった。同じクラス、同じ体育会系の部活動をしていながら、話をすることもできなかった。

十月の中間テスト後、学園祭があった。三年に一度のお祭りであった。クラスメートは各自得意のギターの腕前を披露したり、寸劇を見せたりしていた。私も何かやりたいという気持ちはあったが、これといった特技がなく、そんな彼らをただ見つめているだけだった。

生徒会の役員に立候補してみようか。そんな考えも頭をよぎったが、やめにした。自分なんかどうせ……という思いが強かったし、いろいろと面倒くさそうなのが嫌だった。と思っていたら、一方で、図書委員長に祭り上げられてしまった。これはクラスで図書委員に任命されておきながら、春先に委員会活動をサボったことにより、副委員長に選ばれており、三年生が引退すると同時に自動的にその役がおりてきたのであった。やりたくなかった。入学当初のバケツ事件の因果がこうして巡り巡って来たのだろうか。私は仕事を同じ二年生の女子副委員長に押し付けて、自分は特に何もしないでいた。人と何かやろうとすることが億劫であった。

私は一人思い悩み、苦しんでいた。野球部でもクラスの中でも親しく口を利く友人は何人かいたが、心から打ち解けるような間柄では決してなかった。中学時代から交友が続いていた縞草君とでもそうだった。誰にも自分の本性をさらけ出したくはなかった。

野球部では草場君が自転車の窃盗事件に巻き込まれて停学処分を受け、主犯格ではなかったことと主力選手であったため退部は免れたものの、キャプテン降格となった。副キャプテンの知多君が新たにキャプテンになった。副キャプテンにはショートを守る田井豊君が昇格した。皆練習には熱が入っていなかった。オフシーズンになると、牧田監督はめったにグラウンドに姿を見せなかった。

進路をそろそろ決めなければならなかった。私は東京に行きたいと思った。東京でひと花咲かせたい。パッとしない自分の境遇を変えたかった。東京に行けば、また春江美奈に会えるかもしれない。将来の夢は……。

小説家になりたい。高校入学前、東京で春江美奈に会うまでの冒険談を小説に書いてみたいと思った。実際、暇を見つけては書いていた。まだ誰にも見せていなかったが。学習教材の懸賞小説募集にも投稿したりしていた。私は野球部に入ったりしたが、本来の姿は内気で人見知りの空想大好き少年であった。ぼーっとしながら、あれこれ考えている時間が多かった。小説家ならば、自分に向いていると思った。今度は小説家として春江美奈の前に現れたかった。

本も読むようになった。読む本はＳＦやミステリーが多かった。中でも荒唐無稽と言われようが、私はハードボイルド小説に夢中になっていた。小説の中のヒーローが私の願望を叶えてくれていた。自分もそのような小説を書いてみたいと思った。

ただ、小説家になることはあまりにも現実離れしているように思えた。途方もない夢だった。とりあえず、その第一歩として、東京の大学に行こうと決めた。東京の大学で、行くなら私の学力的に私立大学である。国語、英語、社会の三教科さえ勉強すればよいのだ。問題は私立大学の高い学費と東京での生活費であるが、それも親がなんとかしてくれるだろうと楽観視していた。

その頃、家の経済状態は苦しかった。八月に一度銀行に不渡りを出していた。母が少しでも家計を助けるため、相変わらず新聞配達のアルバイトをしていた。私も手伝うことがあった。その他、私はゴルフ場のキャディのアルバイトも経験した。ろくにゴルフの知識があるわけでもないのに、高額な賃金に惹かれて見様見真似で勤めていた。

目標が決まると、私は猛然と勉強し始めた。野球部の練習は二年目のオフシーズンになると要領がわかっていて、力の入れ具合を上手く調整できるようになっていた。自分たちの実力がどの程度のものかわかり過ぎるほどわかっていたし、甲子園出場なんて夢の夢だと自覚していた。

テストの成績がぐんぐん良くなった。理数系は最低限の勉強だけにして、国語、英語、日本史を重点的に勉強した成果だった。特に受験を大きく左右すると言われている英語の勉強に力を入れた。先生たちの私を見る目が少し変わり始めた。三年生では私立文系の進学コースに進級することにした。

この時期、春江美奈は主演する映画が大ヒットし、一躍トップアイドル女優となっていた。同じ高校二年生なのに、ますます遠い存在になってしまった。私はその映画を四度も観に行った。カセットレコーダーを隠して映画館に持参し、ひそかに録音したりした。

春江美奈も恋しかったが、それ以上に村岡純子が気になっていた。二月の第一日曜日、町で彼女とニアミスした。その日、野球部の練習は休みで、私は同じ野球部の仲間二人と野球部をやめた井高信二君の大沢野の家に遊びに行った帰りだった。夕方、アーケード通りで帰路を急いでいると、前方から一人の女子が歩いてきた。それが村岡純子だとわかるまでそう時間はかからなかった。彼女はイヤリングをして、薄化粧をしていた。どんどん近づいてくる。すれ違った。向こうは帽子をかぶったマスク姿の私に気づいていないようだ。声を掛けようか、どうしようか。迷っているうちに、彼女は遠ざかっていった。軽い自己嫌悪に陥った。

村岡純子は進路をどうするつもりだろう。彼女は女子硬式テニス部で躍動していた。秋の大会、県大会を勝ち抜き、団体で北信越大会に出場していた。私とは月とすっぽんのようだ。四月に隣同士の席になって以来、何度か席替えがあり、彼女と近くの席になったりしたが、相変わらず気軽に口が利けなかった。

野球部の仲間でも、レギュラーの者は彼女を作っている者がいた。知多キャプテンや草場君がそうだった。でも私はレギュラーではないから、その資格はないのではないか。レギュラーでもないのに彼女を作るなど言語道断ではないかと思ったりしていた。

努力の成果

鬱々とした状態で冬を過ごし、春を迎えた。私は三月春生まれで、この季節が一年で一番好きだったので、春になれば何か劇的に変わるのではないかと心待ちにしていた。最終学年になっても補欠のまま野球部をやめなかったのも、何か変わるのではないかと期待してのことだった。

何も変わらなかった。変わったのは野球部の仲間だった。春休みに行われた市長杯で、富山城南は快進撃を見せ、大会で準優勝を飾った。私はベンチ入りを果たしたものの出場できず、もっぱら攻撃の時の一塁コーチを務めていた。

オフシーズンの間、野球部はそんなに厳しい練習をしたわけではなかった。むしろサボる者の方が多かった。真面目に練習していたのは補欠の私や八番センターの本山幸弘君や一年生ぐらいのものだった。それなのに、春になるとチームは好成績を収めることができた。世の中矛盾していると思った。

三年生になった。私は本山君と同じ一組で、私立文系進学コースだった。担任は三十代の男性国語教師田中康彦で、牧田監督と犬猿の仲という噂があった。この一組は男子が十七人、女子がその倍の三十四人で、合計五十一人の大所帯だった。村岡純子は二組で国公立進学コースだった。

　三年生になって初登校の日、驚いた。村岡純子が髪にパーマをかけていた。もちろん校則違反である。彼女は可愛いだけではない。度胸もあるんだなと思った。単なる純情可憐な乙女というわけではないようだ。

　三年生になっても、私は相変わらず停滞気味だった。野球部は市長杯の勢いをそのまま春の県大会まで持ち込み、三年連続ベスト8入りした。ベンチ入りを果たしたものの、当然のように私は出場していない。それだけでなく、大会直前に私は風邪を引き、練習を休み、チームの和を乱していた。ただ、私が休んだことで、そんなに影響があるかというと、そういうわけでもなかった。

　校内マラソン大会では二年連続七位に入賞した。そのことで、少し自己顕示欲が満たされた。

　誰かに認められたい。皆に凄いと思われたい。その頃の私はそんな欲求の塊だった。遠足の時、帰りのバスの中でマイクが回って来た際、流行歌を熱唱したのもそんな思いの表れだった。

　爆発したのは中間テストだった。私は各教科でことごとく好成績を収め、学年順位が四百三名中十二位になった。クラスでは一番だった。こんな成績、生まれてこのかた取ったことがなかった。自分自身、喜びをかみしめていた。この中間テストの結果をもとに、学校では進路についての三者面談を行うという。

私は今回の殊勲について、誰よりも父に褒めてもらいたかった。小学生の頃から、どちらかというと劣等生で、優秀な成績を収めたことがなかった。父や母には心配をかけ、苦労させた。それが、ようやく陽の目を浴びるような快挙を成し遂げたのである。誰よりも父に喜んでもらいたかった。

だが、三者面談の日、父は学校に来なかった。家に電話してみると、母が父は確かに出て行ったという。おかしい。途中事故にでもあったのだろうか。心配になった。

結局、父は来なかった。深夜、ようやく父が帰宅したので尋ねた。

「どこ行っていたの？」

「うん、パチンコ」

私は開いた口がふさがらなかった。息子の大事な進路を決定しようかという日に、よりによってパチンコに行っていたというのである。息子の進路が気がかりではないのだろうか。

父はこの頃より、少しおかしくなっていた。若い頃より仕事一筋だったのであるが、遊び歩くようになった。何が原因だろうか。この日から私と父との間に亀裂が入るようになった。父に対する不信感が募った。

私は再び鬱屈していた。自分が当番の日のクラス日誌に、「オートバイを乗り回し、機関銃をぶっ放したい」と思わず書いてしまった。そのことが担任の田中先生から牧田監督に伝わり、呼び出しを食らった。

「あれは何だ。冗談か」

と問い詰められ、卑屈にも、

「冗談です」

と、笑いながら答えるしかなかった。

春の校内球技大会で、少し日頃の鬱憤を晴らした。出場したバスケットボールの試合では高い身長を生かし、準優勝に貢献できた。

中間テスト明けの練習から、ようやくバッティング練習をさせてもらうことができた。ただ、他のレギュラーメンバーがマシーン相手のフリーバッティングを十本三回なら、私は十本一回だけだった。

練習試合で、一度起用された。相手は実力的に格下で、私たちは下級生中心で臨んだ試合だった。それでも嬉しかった。八番ファーストでスタメン出場した。一打席目、三振。二打席目、キャッチャーゴロエラーで出塁したが、それで交代となってしまった。結果を残すことができず、それ以後、チャンスは巡ってこなかった。

それでも次、いつチャンスが来てもいいように、陰の努力は怠らなかった。夜、自宅のベランダでの素振り二百回に加え、腕立て伏せ百回、腹筋背筋三十回の筋力トレーニングを日課とした。おかげで、体幹、特に肩が強くなった。早い送球が投げられるようになった。バッティング練習でも鋭い当たりが増えた。

「金井、代打の切り札にでもなれ」

牧田監督から、そんな言葉が掛けられるようになった。私もその気だった。

野球生活の終焉

夏が来た。高校生活最後の夏だった。夏の大会で私はベンチ入りを果たした。キャッチャーの控えというわけではなかったが、背番号は12だった。組み合わせ抽選の結果、一回戦は開幕日の第二試合で強豪高岡良光《りょうこう》と対戦することになった。

皆、燃えていた。全員で頭を五厘刈りにした。試合用のユニフォームを新調する者もいた。林君がそうだ。そんな中で、私は半ば惰性で高校球児生活を続けていた。早く終わって、受験勉強に専念したい気持ちが強かった。益山君は大会前まではサードのレギュラーだったが、心臓疾患で体育の授業中に倒れたことがあり、そのため校長が大会には出場許可を認めなかったので、マネージャーとしてベンチ入りしていた。

大会直前はレギュラーメンバーのみによる練習が行われ、私はフリーバッティングやノックを受けたりすることはなかった。ただ見守るだけだった。

大会開幕日。開会式の入場行進で、私はチームメートと足並みがそろわず、皆と互い違いの足取りで行進してしまった。これには理由があった。前日のリハーサルで私は二列目で行進していたが、本番では一番前を歩くことになったのだ。それと緊張により、チームの和を乱す醜態をさらしてしまったのだ。その光景は写真にばっちり撮られた。振り返っても、恥ずかしい姿であった。

一回戦。高岡良光のエースピッチャーは右の本格派オーバースローと聞いていたが、先発してきたのは右のアンダースローだった。先攻の私たち富山城南は二回表、知多キャプテンのツーベースを足掛かりに、相手のエラーもあって1点先取した。

しかし、相手は強豪校だ。春の高岡の市長杯で優勝している。すぐに反撃され、逆転を許してしまった。四回が終わって、2対4となった。

五回表、二年生の九番セカンド堀田富雄がライト前ヒットで出塁。次のバッター一番レフトの咲江昌弘君との間にヒットエンドランが敢行された。これを外されたが、堀田は盗塁に成功。これで流れが変わった。咲江君もライト前へヒット。ワンアウト一、三塁で、二番ショート田井君がレフトオーバーのスリーベース。同点になった。続く三番林君もレフト前ヒットで、5対4と逆転した。

試合は富山城南のペースになった。私は一塁ベースコーチを任され、身振りと大声でランナーに指示を出していた。相手のファーストの選手に汚い野次も浴びせていた。暑かったのと大声を出し続けていたため、喉がカラカラになった。ベンチで、用意されていた冷えた輪切りのレモンを幾つもぱくついた。

七回表、高岡良光はエースピッチャーに代えてきた。だが、勢いづいていた私たち富山城南打線は難なく攻略し、2点さらに追加した。知多キャプテンも尻上がりに調子を上げていた。八回裏に1点返されたが、それ以外は相手を封じた。

7対5で、勝った。大金星であった。試合終了後、高々と校歌を歌い上げた。投打で活躍した知多キャプテンが報道陣の取材を受けていた。私は大した貢献はしていなかったが、それでも嬉しかった。

勢いに乗って、二回戦も勝った。知多キャプテンが9奪三振と好投して、2対1での勝利だった。三回戦の相手は昨年春にコールド負けした強豪の高岡情報である。

三回戦の前夜、私は縞草君に電話した。縞草君とは別々の高校になっても休みを利用して度々会っていた。私は話の流れで、村岡純子という女の子が好きであるということを告げた。そして、夏の大会が終わったら、彼女に告白すると宣言した。心の内がもやもやしていた。それを吹き飛ばしたかった。その夜はぐっすり寝た。

三回戦の当日は雨模様だった。場所は富山県民球場。グラウンドがぬかるんでいた。試合は延期になるかもしれない。私たちのベンチにはそんな空気が充満していて、どことなくのんびりとしていた。それに引き換え、高岡情報は先発するエースピッチャーが入念に投球練習をしていた。

その意気込みの差が出たのだろうか。一回表、先攻の私たち富山城南は二番レフト咲江君がツーベースで出塁するも、次の林君のセンターライナーで飛び出してしまい、チャンスを潰した。一方の高岡情報は一回裏、バントヒットとエラーで1点先取した。二回裏にはバントヒットを何度も決め、満塁を続けて攻め立て、一挙4点を追加した。高岡情報はグラウンドが柔らかいのを利用して、さかんにバントヒットを狙ってきていた。

富山城南は反撃できない。二回以降、相手ピッチャーにパーフェクトに抑えられていた。

五回裏、2点追加された。これで、0対7。このまま行けば、七回でコールドゲーム成立だ。富山城南のヒットは初回の咲江君の一本のみ。反撃の糸口すら見出せていなかった。

「金井、代打の準備をせよ」

六回表、一塁ベースコーチに行こうとしたところを牧田監督に呼び止められた。私はベンチ裏に引っ込み、素振りをし、代打に備えた。

「九番の堀田のところで代打に行け」

牧田監督が言った。どういう風の吹き回しだろうか。今までの采配通りならば、私より先に代打を出す選手がいるはずなのだ。まあ、いい。思いがけず、チャンスが来たのだ。深く考えず、私は出番を待った。

この回もワンアウトとなったところで、ベンチ裏からグラウンドに出て、ネクストバッターズサークルでかがんだ。日差しが出てきたようで、眩しかった。

前のバッターが三振に倒れ、ツーアウトになった。

「代打、金井です」

私は主審に告げ、ゆっくり左バッターボックスに向かった。軽く二、三度素振りをした。

「金井君、頑張ってー」

私たち側のスタンドから、女子生徒の黄色い声が耳に飛び込んできた。皆観ている。村岡純子も観ているかもしれない。しっかりやろう。集中しようと思った。

「行くぞーっ」

緊張を和らげるため、声を出した。

「プレイボール」

一球目。ピッチャーが投げた。相手は右のサイドスローだ。左バッターの私にとって、ボールの出どころが見やすい利点があった。外角へ外れるストレート。見送った。

「ボール」

二球目。またも外角のストレート。再び、見送り。

「ストライク」

今度は入った。カウント1—1。ちらっとベンチを見た。仲間が声援を送ってくれている。

「行くぞーっ」

私は再び声を出し、気合いを入れ直した。

三球目。再び外角へ外れた。

「ボール」

カウント2－1。

四球目。今度は内角に来た。ストレート。私は少し遅れ気味にバットを振った。タイミングが全然とれていなかった。

「ストライク」

2－2と追い込まれた。しかし、今の空振りで身体の硬さが少しほぐれた気がする。相手はフルカウントにはしたくないだろう。次が勝負だ。私は五球目を待った。

それからしばらくのことはあまり覚えていない。相手ピッチャーが投じた五球目のストレートに対し、私はバットを振り、ジャストミートし、打球をレフト前へ運んだ。ポトリと落ちるポテンヒットだった。気づくと、一塁に駆け込んでいた。

私はヒットを打ったのだ。ろくにバッティング練習をさせてもらっていなかったこの私が。興奮していた。身体中に力が漲ってきた。

ただ、富山城南の反撃もここまでで、次の一番ショート田井君が凡退し、スリーアウトチェンジ。私は残塁となった。

試合もこのまま七回コールドで終わった。私の高校球児生活は終わりを告げた。野球部の仲間は泣いている者もいたが、私は最後の最後で結果を残せて、満足だった。高岡情報はこの後勝ち進み、富山県代表として甲子園大会に出場し、そこでも三回戦まで駒を進めることになる。

「金井、よく打ったな」

試合後の最後のミーティングで、牧田監督は大変喜んでくれた。その姿を見て、私の牧田監督に対する印象が大きく変わった。今までの辛く当たられていたことが、一瞬で許せた。私たちはがっちり握手をした。

告白

翌日から、受験勉強に励むつもりだった。が、その前に、大事な用件があった。村岡純子に告白するという縞草君との約束があるのだった。面と向かっては言えそうもない。だから、電話で行うことにした。自宅からは平日の昼間でも両親がいてできかねるので、縞草君の家からすることにした。

緊張した。夏の大会でバッターボックスに立った時より緊張していた。村岡純子は夏休みの平日の昼間、在宅しているだろうか。電話番号は学校の名簿に載っていた。

受話器を持つ手が震えていた。まず、何と言おう。元気？　とか、お久しぶり、とかかな。呼び出し音が鳴る。胸の鼓動も聞こえた。心臓もバクバクという音がしているようだ。

「もしもし、村岡です」

出た。女の声だ。

「……あ、あのう、純子さん、いらっしゃいますか？」

緊張で、声まで震えていた。口があまり回っていなかった。

「私、ですけど」

本人だ。いきなり、本人が出た。

「あ、あのう……」

言葉が出てこない。

「どちら様ですか」

「ぼ、僕、野球部で、高岡情報戦で代打に出て、ヒットを打った者です」

何を言っているのだろう、私は……。

「えーっ、誰？」

「二年の時、同じクラスでした」

「もしかして、金井君？」

当てられた。

「そ、そうです」

「えーっ、どうしたの？」

「えっと、その、あの……」

「試合、私も球場で観ていたわよ。残念だったわね、負けて」

「いや、その…、まあ」

駄目だ。完全に頭に血が上っていて、何を言っていいのかわからない。横で縞草君が早く告白しろと催促してきた。

「今日は何の用事？」

私は意を決した。

「む、村岡さん、ぼ、僕と今度デートしてください」

言ってしまった。縞草君は笑っている。私は真剣だ。

「えーっ、私と？　金井君が？　いやいや、それは、ちょっと」

「駄目ですか？」

「ええ、ちょっと無理だわ」

断られてしまった。恥ずかしい。このまま電話を切ってしまいたかった。でも、まだ粘りたい気持ちもあった。私はめげずに話し続けた。何を話したか覚えていない。他愛もない話。どうでもいい話ばかりだった。村岡純子は暇なのか、私の話に付き合ってくれた。

彼女が夏休み、簡単なお茶汲みのアルバイトをしていることを聞いた。

三十分ぐらい話しただろうか。彼女にはフラれたが、また電話して話をする約束を取り付けた。

「金井君って、意外と面白いのね」

彼女は言っていた。電話を切り、ふーっとため息をついた。

縞草君が慰めてくれた。でも、私は長い時間彼女と電話で話ができたので満足だった。また電話してもいいと言ってくれたし。もしかしたら次に誘えば、今度はＯＫが出るかもしれない。あまり落胆はしていなかった。

「残念だったな」

翌日から、受験勉強に励んだ。塾や予備校に行かず、主に自宅での学習である。家が経済的に苦しい状況のようなので、あまり親に負担はかけられない。夏休み、今度はいつ村岡純子に電話しようか考えながら勉強していた。八月の下旬、秋の運動会での応援団員をやらないかとの誘いがあったが、受験勉強に勤しむからと断った。

二学期になった九月一日、学校で村岡純子を見かけて、また驚いた。パーマヘアーをバッサリ切り、とても短いショートヘアーになっていたのだ。どういう心境の変化だろう。何かあったのか。女性は失恋すると髪の毛を切るという。誰かに失恋でもしたのか。訊いてみたい。でも、学校で話しかける勇気がない。こんな時こそ、電話してみよう。そう思った。

学校から帰り、夕方、三番町小学校の近くの電話ボックスから電話した。村岡純子は応じてくれた。

「久しぶり」

真っ先に私は、髪の毛切ったんだねと訊いてみた。

「そう。男の子みたいでしょ」

彼女は恥ずかしそうに笑った。そんなことはない、可愛いよ、と言うと、またご冗談を、と重ねて笑った。

「何かあったの？」

私は窺うように訊いた。

「私、就職することにしたの」

彼女は言った。

「そう……。どこに決めたの？」

「まだわからないけど、多分、地銀」

彼女は地元の地方銀行の名を挙げた。

そうか。彼女は就職するのか。しっかりしているんだな。私は彼女が銀行で働く姿を思い浮かべてみた。案外似合っている気がした。

それから、またこの前と同じようにどうでもいい話をした。とりとめもないことを話題にした。話しながら、私は何度もため息を吐いていた。気づくと、二時間近く話し込んでいた。百円硬貨を四度投入していた。もう夕食の準備で母親が帰ってきたから、と彼女が言うので電話を切った。私も家に帰った。彼女への想いはより一層募った。

大学受験

受験勉強は捗《はかど》っていた。国語、英語、日本史の三教科に限り、成績はどのテストでも学年上位に顔を出していた。クラスメート、特に女子からは尊敬のまなざしで見られていたように思う。私は得意になって、さらに頑張った。

大学へ行って、何をするか。野球はもう無理だ。私の実力ではこれ以上上のレベルでは通用しない。何を学ぶ？　学部はどうする？

私は考えた末、志望大学と学部を絞った。R大学の経済学部経営学科と社会学部社会学科、KG大学の文学部史学科、そして、K大学文学部史学科である。六大学のR大学が本命で、K大学が滑り止めのつもりであった。将来小説家になりたいという野望があったが、現実的には社会科の教師にでもなろうと思っていた。歴史に興味があった。富山城南の社会科教師、特に日本史の先生にはユニークな人材が溢れていて、私は影響を受けていた。

そのうちの一人が大学を出たばかりの若い男性教師がＫＧ大学出身だったので、受験大学の一つに入れたのである。その先生からは古いレコードをもらうなど、何かと世話になっていた。Ｋ大学は模試でいつもＡ判定が出ていた。なので、全滅する恐れはないと踏んでいた。

問題は学費と東京での生活費である。今現在でも苦しいのに、親は負担してくれるだろうか。父親にそれとなく聞くと、

「大丈夫、大丈夫」

と、茶化して答えるばかりである。なんとかしてくれるのだろう。私はその辺は心配せず、試験に合格することだけに専念するよう努めていた。

村岡純子にはそれから二、三度電話した。私たちは電話で話すだけの間柄だった。それでもいいと私は思っていた。秋の球技大会の時、写真部の部員に頼んでこっそり彼女の写真を撮ってもらった。

十二月。私と同じ大学受験を目指していた春江美奈が推薦で一足早く大学に合格したと芸能ニュースが報じていた。金持ちの良家の子息が通うＴＭ大学である。彼女も頑張っていたのだ。私は学費の面からＴＭ大学を受験しようとは思わなかった。ただ、同じ東京の大学に通えば、また何かの拍子に巡り会えるかもしれないと考えていた。

この頃、同じ富山城南に通う小学校時代から顔馴染みの島高君と急接近した。仲良く

なったというより、島高君が原因不明の病気で総合病院に入院しており、見舞いのために私は足繁く通っていた。見舞いというのはほとんど口実で、目当ては島高君の担当をしている若い二十一歳の看護師に会うためだった。毎日通った。看護師は呆れながらも私の相手もしてくれた。クリスマスケーキを買って持っていったりもした。彼女の顔を見ると、心が安らいだ。私は誰かに癒やされたかった。そうすることで、受験勉強にも熱が入った。島高君は単位不足で高校を中退することになるという。私は彼に村岡純子とのことも相談していた。目的は不純だったが、島高君と打ち解けたのも事実だった。早く病気を克服して欲しかった。病院通いは私にとって、いい息抜きになっていた。

年が明けた。本格的な受験シーズンが始まる前に、学校で期末テストがあった。その帰り道である。私は目撃してしまった。村岡純子が男子と仲良く肩を並べて下校する姿を。その男子は男子硬式テニス部員で、彼女と同じクラスだった。一瞬、目を疑ったが、現実だった。私は二人の姿を遠巻きに眺めていた。二人は付き合っているのか。彼女と電話した時、そんな存在がいるなんて微塵も感じさせていなかったが……。一日だけではなかった。二人は連日仲睦まじそうな姿を見せていた。

受け入れるしかなかった。ショックであったが、落ち込んでいる暇はなかった。私は大事な大学受験を控えていた。気を取り直して、そちらに集中するしかなかった。村岡純子のことは一旦忘れることにした。

二月十二日。東京に向かった。東京での宿は、小学校の校長をしている伯父の伝で手配してもらった地方の教職関係者が泊まる安い宿泊施設で、朝夕の食事付きだった。試験の日程は、十四日K大学文学部、十六日R大学経済学部、十八日KG大学文学部、二十日R大学社会学部の予定だった。二十一日ぐらいまで連泊するつもりでいた。

泊まる部屋は四人一部屋で、私と同じく、大学受験をする者と一緒だった。受験生は全国から集まってきていた。同じ大学の学部を受験する者もいたが、ライバルというより、仲間という意識が強かった。

「金井君は野球部だったんだろ？」

持参したスポーツバッグを見て、言い当てられた。仲間の一人は同じ宿舎に泊まっている女子受験生と仲良くなりたいと、受験そっちのけで作戦を練っていた。考え出したのは、風呂場の出入り口で立っていて、シャンプーを借り、お礼にジュースを奢り、仲良くなるというものだった。おおむね成功しているようだった。私も真似してやってみた。成功した。ただ、話をするだけで、それ以上の進展はなかった。

試験の出来はまずまずだった。K大学の試験では手ごたえを感じた。試験のない時間には次の試験会場の下見をした。大学生が合否の発表を知らせるアルバイトをやっていた。K大学では申し込んだ。三千円だった。

十六日のR大学経済学部の試験はさすがに倍率が二十倍以上とあって、難しかった。これは無理かな、と思った。十八日のKG大学の試験日は朝から雪が降った。私は傘を持っていなかったので、走って会場入りした。会場は大学本校ではなく、系列の大手予備校の校舎だった。昼食用にお弁当を買ったが、箸がついていなくて、手づかみで食べた。午後の日本史の試験の時だった。私は問題の最後の記述問題に苦戦していた。ふと前を見ると、私の前の席の者が身体をずらしており、答案用紙の下半分が丸見えだった。私は自分がわかっていなかった問題の答えをその答案を見て書いた。カンニングしたのだ。監督員にはバレていないようだった。故意ではなく、偶発的なことであったが、いけないことをした。自責の念に駆られた。これでもし受かっても、この大学に通うのか通わないのか判断に迷った。私の本命は、次のR大学社会学部だ。その試験に受かり、たとえKG大学に受かっても通うことのないようにしたいものだと思った。

二十日のR大学社会学部の試験も難しかった。試験が終わった後、他の受験生たちが答え合わせをしているのが耳に入って来た。私が書いた答えとは全然違っていた。これは厳しいかなと感じた。とにもかくにも、大学受験は全部終わった。あとは合否の発表を待つだけである。私は二十一日、富山に帰ることにした。

帰りの列車の中で、隣に座った女の子と仲良くなった。名前を中谷香里といった。富山の女子校に通う私と同じ受験生だった。芯のあるしっかり者の女の子だった。女子校出身らしく男子と話すのが苦手なようで、最初は警戒していたようにも見えたが、徐々に打ち解けていった。彼女はKG大学の文学部国文科を受験したという。彼女がアニメ雑誌を見ていたので、アニメの話をしたり、一緒に食堂車に行ったりした。富山駅で別れしな、電話番号を交換した。

二十二日にまずK大学の発表があり、見事合格したと頼んでいたアルバイトの学生から電話があった。ひと安心した。最悪の全滅は避けることができた。今年、大学生になることは決定したのだ。翌二十三日にR大学経済学部の発表があったが、こちらは不合格だった。合否の発表の掲示板を見るために、東京のC大学に通う富山城南野球部の元杉元キャプテンが足を運んでくれて、連絡してくれた。

私は卒業式の日まで学校に行っても特にやることもなく、午前中で終わり暇だったので、家の近所の魚屋で配達のアルバイトをした。夕方二時間働いて、日当千五百円だった。発表を待つのは、あとはKG大学文学部とR大学社会学部の二つだった。

三月一日。私の十八回目の誕生日。KG大学より、入学案内の通知書が届いた。と同時に、地元新聞紙がKG大学合格者として、紙上に私の名前を携載した。ただ、私はズルしての合格なので、複雑な心境だった。

「おめでとう」

中谷香里からお祝いの電話があった。彼女は不合格だったようだ。だが、S女子大学に合格しており、そちらに進学する予定だという。今度デートに誘ってみようと思った。脈がありそうだった。

三月三日、東京の宿泊施設で一緒に泊まっていた女子受験生から電話があり、R大学社会学部は不合格だったわよ、と連絡があった。これにより、合格したのはK大学とKG大学で、両方とも文学部史学科である。さて、どちらに進学すべきか。入学金と一年目の学費を納めなければならない関係から、早急に答えを出さなければならなかった。一般的に、レベルが上だと言われているのはKG大学の方だ。偏差値もより高い。二校とも私が望んでいる都心近くにあった。

どうしようか。将来的に教師になろうと思うなら、KG大学の方が有利だ。だが、カンニングで合格したという負い目がある。カンニングをしていなければ、不合格だったかもしれない。父はK大学に行けという。KG大学は思想的に右寄りの学校であり、一方でK大学は仏教系の大学だった。私は迷いに迷った挙げ句、KG大学に行くことにした。

心配なのは、費用面だ。試験はなんとか突破した。入学する資格は得たわけだ。父は大丈夫、大丈夫と言っていたが……。

その父が入院した。内臓に違和感があるという。突然のことで、私は根本的に自分の考えを改めなければならなくなった。

私が幼き日より、父は私にとって大きく強い存在だった。その父が病院のベッドで寝ている。それを見て、何か哀れさを感じた。突き動かされるものがあった。

私は一念発起した。もう親に頼るのはよそう。自分は十八歳になった。未成年であるが、十分大人と変わらない。自分の道は自分で切り開くのだ。以前、進路指導の先生から、新聞奨学生という形で進学するという方法を聞いたことがあった。朝夕新聞を配り働きながら大学に通うのだ。誰の助けも借りない。自分の手で学費を払い、自立するのだ。そう心に決めた。早速手続きを踏んだ。同時に借り受ける形になっていた日本育英会などによる奨学金の貸与を、新聞奨学生によるものに一本化するため、すべて取りやめた。富山市の給付型奨学金の月六千円だけはもらうことにした。父は病院での精密検査の結果、特に内臓に異常は見られず、すぐに退院していたが、私は自分の力でなんとかやっていこうと思った。

床屋をやっている友人宅で、パーマをかけた。東京で生活するのだから、みっともない格好ではいけないのではないか。ちょっと洒落てみる気になった。

喫茶店をやっているクラスメートの家でクラスのほとんどが集まった卒業コンパがあり、私は出かけていって、一緒に酒を飲んだ。飲み慣れていない者もいて、トイレで壮絶に吐いていた。一泊した。東京の大学に進学するクラスメートの一人から連絡先を教えてもらった。

旅立ち

道は決まった。決意も固まった。早く高校を卒業して、東京へ旅立ちたかった。三月九日。卒業式の前日。私は村岡純子に直接手渡したい物があった。それは彼女の写真と、二つの野球の硬式ボールで、それぞれのボールに「富山城南高校」と「全国高等学校野球選手権大会」と印字がされていた。

「ありがとう」

彼女は喜んで受け取ってくれた。本当は恥ずかしいので、誰もいない所でこっそり渡したかったが、彼女が友人と一緒にいる時に渡した。その時しかチャンスがなかった。自分としてはこれで彼女への未練を断ち切ったつもりでいた。彼女は四月から銀行員だ。

卒業式。涙もなく過ごした。空き時間に村岡純子が私のクラスにやって来て、私に手紙を渡した。ボール大事にする、東京で頑張って、と書かれてあった。私も彼女との思い出は大事にしようと思った。

翌日。中谷香里に電話をかけ、デートに誘った。一緒に彼女が観たいと言っていたアニメ映画を観て、映画館の近くの喫茶店でコーヒーを飲んだ。彼女もパーマをかけ、前より垢抜けた様子に見えた。

「パーマ、かけたんだね」

「あなたもね」

二人で笑い合った。

「東京でも付き合ってくれる？」

私が訊くと、彼女はまた笑い、頷いてくれた。S女子大学では最低でも一年間は寮に入らなければならないので、それが憂鬱だという。寮では外部からの電話は取り次いでもらえないらしい。私は自分の東京での住所が決まったら手紙を書くと約束して、寮の住所を聞いた。彼女は教えてくれた。外は季節外れのみぞれが降っていた。私は傘を持ってきておらず、二人で相合い傘をして、しばらく町をぶらついた。それから別れた。

東京での住所も決まり、準備はできた。富山城南野球部の仲間も、知多元キャプテンが浪人、林君が村岡純子と同じ地銀に就職、草場君が地元の企業に就職、田井君が大阪の私大、田谷君が千葉の私大、本山君が埼玉の私大、益山君が神奈川の私大などと、それぞれの道を歩むこととなった。出発前に縞草君にも会った。縞草君も浪人決定で、そのせいなのか自棄になっているようであり、真面目だった中学生時代と打って変わってパチンコに熱中していた。私はたしなめた。でも人は人だ。私もこれからどうなるかわからなかった。ただ、いかに困難な出来事が待ち受けていようと、自分は大丈夫だと心に言い聞かせていた。

出発の日は当初の予定から、なぜか三日伸びた。一刻の猶予を与えられた形になったが、私の決意は変わっていなかった。生まれ育った故郷を離れるという感傷は微塵もなかった。新しく始まる大都会での生活に胸ときめかせていた。当日は夜行列車で東京に向かうことになった。富山駅に見送りに来たのは両親と妹だけだった。列車が出発してすぐに、私は目をつむって寝た。ぐっすり寝た。朝目覚めたら、そこは東京だった。東京は富山より暑く感じた。

第四章　大学生活

専売所の人たち

私は毎朝新聞《まいちょうしんぶん》の新聞奨学生として、品川区西五反田専売所に配属された。専売所の寮に住み込むわけである。寮といっても近くにある古い木造アパートの一室だった。家賃一万五千円、共益費二千円が給料から天引きされる。専売所とアパートの最寄り駅は東急目蒲線不動前駅だった。そこから渋谷にあるKG大学のキャンパスまで通うのである。

専売所は駅から坂を上った中腹にあった。

「来たか」

専売所特有のジャージを着たでっぷりとした男性が出迎えてくれた。それが龍《りゅう》三郎主任だった。四十代で、既婚。三人の娘がいる。奥さんも賄い婦として、専売所で働いていた。新潟県出身。私はぎこちなく挨拶した。

先に送っておいた布団などは専売所にもう届いていた。まずはそれを専売所の先輩に案内してもらったアパートに運んだ。荷物は布団とゴミ箱と下着ぐらいで、あとは手提げカバンに入れたラジカセだけだった。必要な物はほとんど東京で買うつもりでいた。

　私が住むことになったのは小松荘という名のアパートの二階の一室だった。一階には大家さんが住んでいた。二階には四部屋あり、私の隣の部屋には、専売所で一年先輩になる北海道網走市出身でコンピュータプログラマー養成専門学校に通う田岡昭信さんが住んでいた。

　翌朝から、すぐに仕事が始まった。朝四時起きである。私は全配達区域十二区のうち、住宅街の八区を任されることになった。まずは先任者のコンピュータプログラマー養成専門学校を卒業し就職が決まった東後《とうご》和利《かずとし》さんの後について、引き継ぎ作業である。配達区域を一緒に回った。自転車と、あとは走りで三百五十軒に配達する約二時間のコースであった。途中、十二階建てのマンションがあった。会社や工場もあった。この区域をこれから毎日新聞が休みの日を除いて、朝夕新聞を配るのである。かなりしんどいと思ったが、まだ新生活での希望の方が勝っていた。

　仕事は配達だけではなかった。区域の集金と新規客の拡張、既存客の管理、それから配る新聞に挟むチラシ入れをしなければならなかった。

　仕事にはすぐに慣れた。覚えるのは簡単だった。ただ、その分嫌になるのも早かった。同期で入所した私と同じ年の浪人生一人とコピーライター養成専門学校生の一人は、早々に四月の声を聞かずに辞めていった。新年度の学校もまだ始まっていなかったのに、である。

学生で私と同期で残ったのは、六区のコンピュータプログラマー養成専門学校生で長崎県長崎市出身の野中武一郎君と九区の予備校生で岩手県黒沢尻市出身の橋高《はしたか》智明君と十二区のデザイン専門学校生で広島県広島市出身の田林毅君の三人だった。

「君と橋高君には夏の専売所対抗野球大会の方でも活躍してくれるのを期待しているからな」

仕事の初日に、四十代の所長の越田達夫さんに言われた。越田所長も学生時代に愛媛県の名門校で野球をやっていた経験者で、かなりの通であるらしい。野球をやっていたということで、私を採用したみたいだ。

「金井君はレギュラーだったのか？」

越田所長にそう聞かれ、補欠だったというのが恥ずかしかったので、

「はい」

と、思わず嘘をついてしまった。

一方の橋高君は甲子園に出場したことのある名門校の野球部出身で四番センターキャプテンだったそうだ。この春六大学のＭ大学受験に失敗し、来年もう一度挑戦するらしい。大学でも野球を続けたいがために、身体を鍛え、また体力を維持するために新聞配達の仕事を選んだという。ガッチリとした体躯の持ち主だ。同じ野球をやっていた者同士という

ことで、私とはすぐ仲良くなった。公園でキャッチボールをしたり、トスバッティングに付き合ったりした。

学生は他に、一年先輩の二区田岡さん、十一区志摩晴彦さん、代配専門の小寺哲史さんがいた。長髪で大柄の志摩さんは二年制のデザイン専門学校二年生だが、年は二十二歳だという。越田所長と同じ愛媛県今治市出身だ。小寺さんは大阪府大阪市出身のＲＳ大学法学部の三年生。高校の時から新聞配達の仕事をしており、かなりの苦労人だ。一、二年の時は埼玉県にキャンパスがあったため、浦和で仕事をしていたが、三年生からはキャンパスが東京に移るため、転属してきた。眼鏡をかけたひょろ長い皮肉屋で、教師になるつもりだという。同じ大学にかなりステディな関係の彼女がいた。

専売所には専業と呼ばれる社会人も多数いた。一区本岡智治さん。新潟県三条市出身。へらへら笑う三十代。龍主任とは親分子分の間柄。一度集金の金を持ち逃げした前科があり、一区の集金業務は龍主任が代行している。三区千秋晴彦さん。奈良県郡山市出身。前頭部が後退している三十代の関西人。千秋さんも一度集金の金を持ち逃げしたが、今は信用を回復させたのか任されている。四区鍋田義男さん。五十代の小柄な戦災孤児。越田所長に拾ってもらった。専売所の留守番役も兼ねていた。東京都台東区出身。五区角田光さん。二十代半ば。去年コンピュータプログラマー養成専門学校生として入所したが、今はもう学校には行っていないようだった。度の強い眼鏡をかけていた。出身地不詳。七区塚本信也さん。二十三歳。競馬が趣味。出身地不詳。十区吉川一道さん。年齢、出身地不詳。私が入所して、すぐに辞めてしまった。それから十区は入れ替わりが激しくいろんな専業が担当した。集金は龍主任が行っていた。

専業は流れ者が多かった。すぐに辞めて専売所を転々とする。越田所長と龍主任以外は皆独身だった。私の目から見て、人生に落伍しかけているような者がほとんどだった。まれに司法試験などを目指している者もいたが、そんな彼らも定住することなくすぐ移っていった。私はそんな輩にはなりたくないと思った。

東京でのデート

四月の第一週の日曜日。前日に中谷香里から教えてあった専売所に電話があり、私たちはデートすることにした。日曜日には夕刊の配達がない。専売所の皆からは冷やかされた。待ち合わせ場所は渋谷ハチ公前。午前十時。人でごった返す中、無事会うことができた。桜の季節なので、花見をしたいと思い、代々木公園の方までぶらぶら歩こうとしたら、彼女は花見なら新宿御苑の方がいいと言うので、電車に乗って新宿に向かった。歩行者天国の道を歩いた。いい天気だった。ここも人出が多かった。昼にはイタリア料理のチェーン店で、彼女はラザニア、私はナポリタンを食べた。

新宿御苑も、人でいっぱいだった。

「こんなに人が多いと、手をつないでないと迷子になってしまうかもしれないね」

そう彼女に言って、私は中谷香里と手をつなぐことに成功した。彼女の手は温かかった。桜の花びらが綺麗だった。風が心地良かった。至福の時だった。彼女と手をつなぎ、新宿御苑の中を散策した。

「本当に嫌になってしまうわ」

彼女は寮の規則が厳しいことを散々愚痴っていた。門限が午後六時だというから、驚きだ。一年で退寮したいという。ただ、同部屋の同級生三人と仲良くなれたのは良かったと言っていた。私の方も近況を話した。苦学生であることを悲観せず、あくまで前向きな姿勢でいることを強調した。

「頑張ってください」

彼女に励まされた。

新宿から渋谷に戻り、彼女が筆箱を買いたいというので駅近くのデパートに入った。高価な物ばかりだったので購入しなかった。午後三時でまだ早かったけれど、また会うことを約束して別れた。彼女の住む寮は三軒茶屋にあった。地下鉄の出入り口で彼女の背中を見送った。いい子だな、と改めて思った。

文芸部入部

仕事に慣れて飽き始め、早くも辞めたくなった四月七日、大学の入学式があった。私はいそいそと出かけた。大学には真面目に通いたいと思っていた。何のために苦労しているのか、わからないからだ。ブレザーなど持っていなかったので、普段着で出席した。他の入学生も同様の者が多かった。

私は第二外国語でフランス語を選択したので、そのクラスに入れられた。史学科の三組であった。入学式後のクラスミーティングで各自自己紹介した。男女ほぼ半数ずつ、全国各地から集まってきていた。私好みの可愛い東京都出身の女子もいた。富山県から来たのはクラスで私一人だった。

せっかく大学に入ったのだから、通常の勉強だけでなく、何かサークル活動もしてみたいと思っていた。最初新聞奨学生になる前は、大学でアメリカンフットボールをやりたいと考えていた。だが、働きながら学ぶことを選択した身としては、体育会系のサークルは無理だ。それに東京に来たのだから、文化的なことをやりたいと思った。

野球はもうやりたくなかった。というのも、この時期私は野球が嫌いになっていた。自分がそんな上手い選手ではなかったし、これまで自分を取り巻いていた野球環境があまり良いとは思えなかったからだ。牧田監督のような素人に毛が生えた程度の指導者が幅を利かせているのが気に食わなかったし、教育の名のもと、私の目に映った野球界の現場がなんとなく偽善めいていて嫌だった。例えば、高校三年生の春の市長杯、我が富山城南は決勝戦で伝統校の富山西商に大敗したが、主審を務めた審判員は富山西商のピッチャーが投げる際どいストライクは取るくせに、富山城南の知多君の際どいコースはすべてボールにしていた。その審判員はイニングの合間、富山西商の選手と親しげに話し込んでいたから、親密な関係だったことがうかがえた。うがった見方かもしれないが、えこひいきしているようにしか見えなかった。審判の判定に泣かされた試合だったように私は思っていた。

ただ、心底嫌になったかというと、そうではなかった。新聞奨学生になれたのは野球をやっていたおかげであるし、野球を否定するということは、すなわち私のそれまでの人生を否定することになりかねないからだった。愛憎半ばといった感じだった。

大学のキャンパスでは、各サークルの新入生獲得のための出店《でみせ》が多数存在していた。その中から、私は文芸部を選んだ。小説を書いて、それを誰かに読んでもらいたいという欲求に駆られていた。高校生の時、春江美奈に会いに行った冒険談を小説として書いていたが、未完に終わっていた。あと、村岡純子に対するラブレターのような小説も書いてみたが、それも未完に終わっていた。

「君、どんな小説を書きたいの？」

受付の男子の先輩が私に尋ねた。後で知ったことだが、部長の木藤弘さんだった。

「ハードボイルドです」

私は答えた。

「ハメット、チャンドラーか……。いいね」

木藤部長は感嘆した。私は入部の手続きをした。連絡先の住所を名簿に書き込んだ。このサークルならば、新聞を配りながらでも活動できそうに思えた。

「活動は毎週水曜日の放課後と土曜日の午後だ。その他の日も誰か部室にいるから遊びに来るといいよ」

木藤部長は明るく言った。優しそうな人だ。文芸部の部室は本館地下一階の文化系サークルの部室が並ぶ中の突き当たり左にあった。女子部員もかなり在籍していそうだし、大学に通う楽しみが一つできたように思えた。

私と同じ新入生で文芸部に入部したのは、国文科の広塚正人君、山瀬昭君、高子明義君、史学科で私と同じクラスの糸田恵三君、水寺温子、法学部の篠崎力君であった。広塚君は高校を卒業してから一度就職し、それから大学を受けた人生経験豊かな人間だった。年齢はすでに二十二歳。京都府京都市出身。眼鏡をかけた関西人だ。山瀬君は私と同じ現役合格組で、静岡県静岡市出身。万葉集研究会と掛け持つ、小柄なベビーフェイスだ。高子君は付属高校からエスカレーター式で進学してきた。高校の時も文芸部に所属していたらしい。ウエイトリフティング部と掛け持ちの千葉県松戸市出身。糸田君は二浪して入学してきた。二十歳。詩を書くのだという。小柄で、少し斜に構えているのが印象的だ。群馬県太田市出身。水寺温子は新入生の中では紅一点で、やはり詩を書くという。高校の時アメリカに留学した経験があるので、私より年が一つ上。バレーボールの経験があり、そのため女子にしては身長が百七十センチ超えとモデルのように背が高い。やや野性的な福井県敦賀市出身。篠崎君も二浪してようやく大学に入学できたという。度の強い眼鏡をかけた老け顔。二十歳。埼玉県上尾市出身。ギャンブル大好き人間。酒に酔うと、

「俺は二浪だ！」

と、叫び、そのことにかなり引けめを感じているみたいだ。多士済々な顔触れがそろったものだ。楽しくなりそうだった。

もっとも、私は学生生活ばかりにかまけていられる立場ではなかった。新聞配達の仕事をしなければならなかった。学生だけをやっていればよい者たちが羨ましかった。ただ、それも自分で選んだ道のはずであった。踏ん張るしかなかった。

それでも、授業の時間割が発表されて愕然とした。選択科目は時間の融通がつくものを取ればいいが、必修科目が午後一番遅い四時からの五限目に割り振られていた。その時間、私は夕刊の配達をしなければならない。よって、授業に出席できない。その単位は落とすことになる。それでは何のために働いてまで大学に通っているのかわからない。意味がな

い。

　五時限目に必修科目が割り当てられたのは月曜日と金曜日だった。その他水曜日もサークル活動がある。そのたびごとに仕事は休めない。まだ働き出したばかりで、越田所長に自分のわがままばかりを申し出るのは気が引ける。かといって、授業やサークル活動に出席できない現状をどうするか。私は学生課にかけ合って、事情を話し、苦肉の策として、必修科目は他のクラスで午前中か午後早い時間に授業があるところに編入させてもらうことにした。サークル活動のある水曜日は週一回の配達休みの日にしてもらい、土曜日のサークル活動日は途中で早退するしかなかった。人がしなくてもいいような気苦労が多いなと感じた。

　授業はどの講義も大して面白くなかった。というより、仕事に気を取られてあまり集中できなかった。唯一、体育の時間で選択した軟式野球をやる時は生き生きとできた。体育の授業は週初めの月曜日の一限目、横浜市内にある大学所有のグラウンドで行われていた。担当教師は元プロ野球選手の教授で、その弟もプロ野球の選手及び監督として活躍している人物だった。

「ピッチャーできるか」

　授業初日、教授に左腕をつかまれて訊かれた。

「はい、できます」

私は答えた。この時、私は高校野球では補欠だったけど、もしかしたら野球選手としていい線いっているのではないかと思った。でも、働きながら学んでいる今となっては本格的に野球をできなかった。やりたいという気にもならなかった。授業の一環として、楽しむ程度にとどめておくことにした。

仕事が忙しいことを口実に、キャンパスからは足が遠のいていた。ただ、文芸部の新歓コンパには夕刊の配達を終えてから参加した。文芸部の先輩は一癖も二癖もあるような人たちばかりだった。

三年生には国文科の神奈川県川崎市出身である木藤部長を筆頭に、小説家チーフの、国文科で木藤部長と同じクラスの山口県宇部市出身の田富敏夫さん。詩人チーフの小太り、国文科で東京都江戸川区出身の島子浩司さん。会計で付属高校からエスカレーター式で進学してきた華麗なるお嬢様、国文科で東京都豊島区出身の西原京子さん。それから皮肉屋の青森県弘前市出身、法学部の岩賀諭さんがいた。木藤部長と島子詩人チーフは一浪していた。

二年生には背の高い眼鏡をかけた次期部長候補、国文科で渉外の埼玉県蕨市出身野本睦夫さん。同じく国文科で渉外のおぼっちゃま然とした、愛媛県西条市出身の谷田紘一さん。そして千葉県流山市出身のシティボーイ気取り、国文科の徳山明憲さんがいた。野本さんと徳山さんは一浪していた。

引退した四年生には元部長で国文科の群馬県高崎市出身の小山勉さん。元小説家チーフ、湘南ボーイ、神奈川県横浜市出身の国文科沢口俊彦さん。元詩人チーフの神奈川県横浜市出身、国文科の橋川桃花さん。東京都文京区出身の国文科作本あゆみさん。島根県益田市出身の神道学科原田勝子さんがいた。それから一浪した上に一年留年している神奈川県茅ヶ崎市出身の国文科高瀬定男さんがいた。高瀬さんは二年前の小説家チーフだった。

その他別格の長老として、一浪して二年留年している高校時代剣道部の山形県新庄市出身、国文科の羽柴秀幸さん、付属高校からエスカレーター式で進学しながら二年留年している東京都渋谷区出身の国文科元岸《もとぎし》達夫さんがいた。元岸さんは普段ハチャメチャなことばかり言っているくせに、酒に酔うとまともなことを語っていた。

新歓コンパの席上で、私は先に酔った同じクラスの水寺温子に口説かれた。

「うち、年下でも構わないのよ」

彼女は積極的な性格のようだった。私は曖昧な返事をしていた。というのも私にはその気はなく、かといって中谷香里に義理立てしているというわけでもなく、都会的で華やかな雰囲気を持つ二つ年上の西原さんに惹かれていたからだ。私は一方で中谷香里と付き合い、今、水寺温子に口説かれるという僥倖に恵まれ、高校時代とは打って変わって、恋の強者にでもなった気分でいた。

新歓コンパはほとんど無礼講で、酔いに任せて上級生も下級生も思い思いの主張をして

いた。篠崎君はさかんに、

「俺は二浪だ」

と、叫んでいた。島子詩人チーフは、

「俺はいつまでも少年のような心を持っているんだ」

と、さかんに女子にアピールしていた。高瀬さんは宴もたけなわになると、自作の奇妙な歌を歌い出した。広塚君は悠然と飲んでいたし、山瀬君は下戸らしくビールのコップ一杯で顔を赤らめていた。私を含め未成年が何人かいたが、皆が主にビールだったが、アルコールを嗜《たしな》んでいた。

「ここにいる全員、病んでますね」

私が木藤部長に言うと、

「君もだろ」

と、返された。

「部長はどうなんですか？」

と、尋ねると、

「俺もだよ」

と、返ってきた。

「君、高校の時、野球部だったんだって？」

田富小説家チーフに訊かれた。

「はい、そうです」

「大学で文芸部に入るなんて、変わっているね」

「そうですか」

「レギュラーだったの？」

「……はい」

ここでも補欠でしたと恥ずかしくて言えず、嘘をついてしまった。

「小説書くの？」

「はい、一応」

「まあ、頑張ってよ」

田富小説家チーフは激励してくれた。

「君、新聞配達のバイトしているんだって？」

と、これは徳山さん。

「バイトじゃなく、仕事です」

私は強調した。

「どうしてそんなに頑張るの？」

「学費や生活費を全部自分で賄わなければなりませんから」

「学費ぐらい、親に出してもらえないの？」

「はい、もらえません」

「じゃ、サークル活動なんて十分にできないんじゃないの？」

「……そうですかね」

私は口ごもった。

「まあ、でもせっかく入ったんだから、頑張ってよ」

徳山さんにも激励された。

新歓コンパに参加して、これもキャンパスライフの一環なんだな、と実感した。私は次の朝朝刊を配らなければならなかったので二次会を断り、帰路についた。

史学科のクラスコンパにも出た。この時も夕刊の配達が終わってから駆けつけた。すでに酔っている者もいた。糸田君や水寺温子は来ていなかった。

「おっ、元高校球児じゃん。こっち、来いよ」

体育の時間に仲良くなった現役合格組で、大分県出身の野高幸助君が、所在なくしていた私を仲間に引き込んでくれた。クラスではすでにグループ分けがなされており、私は野高君の手引きで、彼を含む国見武君のグループに入った。国見君は東京都出身で、一浪している二十歳。コンパでは早くもクラスを仕切っていた。クラスの中では、私は新聞を配りながら学校に通う苦学生というキャラクターに収まった。多少不本意に思いながらも、その役を演じてみることにした。サークル活動で文芸部に所属したということはクラスの皆に伝えていなかった。身長百七十八センチで体重七十五キロのがっしりとした体躯の元田舎の高校球児という私が小説を書くなんて、恥ずかしいことだと考え、とてもじゃないが言えなかった。知っているのは糸田君と水寺温子だけだった。この日、私は酔っぱらってしまい、近くに座っていたクラスメートの女子にさかんに絡んでいた。

四月の末の日曜日に、文化系サークル対抗のソフトボール大会があった。私はここぞとばかりに活躍した。ホームランを打った。他の部員たちは運動音痴が多く、チームは弱かった。木藤部長は日頃文学などについては鋭い舌鋒のくせに、キャッチボールも満足にできない弱肩だった。西原さんをはじめ、女子も見に来ていた。私は格好のいいところを見せられて良かったと思った。水寺温子はショートパンツをはいて張り切っていた。大会では文化系のサークルの中でも比較的体力が必要な演劇部や人形劇研究会がチームとしては強かった。総体的に楽しい一日だった。

その時すでに異常だった

ゴールデンウィークが終わり、五月の半ば頃になると、毎日が憂鬱になってきた。朝四時に起きる生活が辛かった。月末から月初めの集金業務が嫌だった。普段そうでもないのに、人間お金が絡むとがらりと豹変する者がいる。新聞代を出し渋るものも少なくなかった。朝夕セットで、月たった二千六百円なのに。

「洗剤とか野球のチケットとかないの？」

よくねだられた。

「ウチはクリーン作戦を実施しておりますので……」

と言って、宣材を提供しないとなると、

「じゃあ、よその新聞取るわ」

と、あっさり言われたりした。

拡張業務もなかなか契約が取れず、苛立っていた。チラシ入れ業務も面倒くさかった。一応自動でチラシを入れる機械があったが、たびたび紙詰まりを起こし、手作業でやった方が早い場合が多かった。なんだかんだと仕事にばかり時間が取られ、勉強する間も自由時間もほとんどなかった。部屋に戻って、銭湯に行き、朝早いから寝るだけ。慢性的な睡眠不足だった。専売所で働く学生の皆がそうだった。

何のために大学へ入ったのだろう。私は大学のキャンパスにあまり通わず、部屋で好きな本を読んで過ごすことが多くなった。それがその頃の私の唯一の楽しみだった。読みふけっていると、自分でも何か書きたくなった。せっかく文芸部にも入部したのだ。私も書いてやろう。私は書き出した。まずは大学ノートに下書きをした。それから四百字詰めの原稿用紙に万年筆で清書した。自分の鬱屈とした気持ちを叩きつけるように書いた。二週間で書き上げた。出来上がった作品のタイトルを、

『その時すでに異常だった』

とした。散文詩形式の、自分では小説のつもりで書いた。久々に大学へ行き、文芸部の部室まで持っていった。一部コピーを取った。作品を発表する時はそうするのが文芸部のしきたりだった。

「へー、君が書いたんだ」

部室の中にいた沢口元小説家チーフが言った。

「君、まだやめていなかったんだね。あんまり活動にも顔を出さないから、やめたと思っていたよ」

徳山さんが言った。二人して、私の書いた作品を読み始める。私は恥ずかしくて、

「授業に行ってきます」

と、言って、そのまま部屋へ帰った。さあ、どう評価されるだろうか。

中谷香里との仲が決裂した。原因は私の短気だった。ゴールデンウィーク明けに久々に専売所に彼女から電話があった。ゴールデンウィーク中はハンバーガーチェーン店でアル

バイトをしていたという。私は彼女に会いたかった。新聞拡張用の宣材商品の一つに、プロ野球の試合のチケットがあった。それを利用して、野球観戦に一緒に行きたかった。

「今度の日曜日、会えるかな？」

と、訊いてみた。私はてっきり色好い返事がくるものとばかり思っていた。彼女は、

「ええ、いいわ。午前中なら」

と、答えた。午後は寮の友人と歌舞伎を見る約束があるという。よって、午前中しか駄目だとのこと。その返答は私にしてみれば、意外なものだった。ちょうど夕刊の配達が終わって疲れていたところだった。私は自分が描いていた計画通りにならないことに頭にきて、怒りを爆発させた。思わず、怒鳴ってしまった。

「俺と友人と、どっちが大切なんだ！」

自分が狭い了見の男だとつくづく思う。彼女は黙ってしまった。彼女にしてみれば、どうして私がそこまで怒るのかわからなかったことだろう。理解不能で、戸惑っているようなのが電話口でうかがえた。

「どうして、午後じゃなきゃ駄目なの？」

彼女が訊いてきた。私はプロ野球の試合を一緒に観に行きたいこと。デーゲームは午後一時から始まるから、と答えた。

「野球……。私、あんまり好きじゃないわ」

彼女はあっさり言った。それで、

「じゃあ、いいよ」

と、私は言い放ち、電話を切った。彼女との縁はそれで切れた。すぐに短気を起こしたことに後悔したが、後の祭りだった。それから、中谷香里から電話がかかってくることはなかった。まあ、でも女なんて星の数ほどいるからな、と自分を慰めた。私は一人で野球見物に行った。


水寺温子とデートした。彼女は新歓コンパの時に口説いてきたのが嘘ではないとばかりに、四月の末に文芸部の皆で小劇団の芝居を観に行った時にも私に急接近してきて、迫ってきた。

「ゴールデンウィークが終わったら、一度デートしない?」

私は了承した。日曜日の午後二時。渋谷ハチ公前で待ち合わせ。彼女は髪の毛をアップにしてやってきた。少し汗臭かった。昨夜風呂に入っていないのだろうか。

「昨日もサークルの活動後、先輩たちと飲んでいたの」

どうりで。彼女は風呂のないアパートに一人で住んでいた。

「もう今年誕生日を迎えて晴れて二十歳になったから、大っぴらに酒が飲めるわ」

そう言って、彼女は豪快に笑った。

「神田の古書店街に行きたい」

彼女がそう言うので、山手線に乗って、神田駅まで行った。田舎者の二人は国電の神田駅を降りればすぐ近くに古書店街があると思っていた。ところが歩けど歩けど、シャッターが閉まったビルばかりだった。私は彼女が汗臭かったのと、一緒に歩くのが照れくさくて少し離れて歩いていた。

「ないわねえ。どこだろ、古書店街」

彼女はため息を漏らした。私たちは少しは地理を知っている渋谷に戻ることにした。渋谷の古書センターへ行った。私はそそくさと目ぼしい本を見つけて買った。上下巻にわたるアメリカのジャーナリストの伝記小説本だった。水寺温子はなかなか決めあぐねていた。

ようやく買う本を決めた彼女と文芸部の仲間とよく行く馴染みの喫茶店へ行った。二人ともコーヒーを注文した。私は買ったばかりの本をぱらぱらとめくってみた。すると、下巻は何も印刷されていない白紙の状態だった。私はそれを水寺温子に見せた。

「どうする？」

慌てて買ってしまい、中身を確認しなかった私が悪いのだ。だけど、下巻がこの状態だったら、小説の結末がわからない。

私たちは駄目もとで古書センターに引き返し、正しく印刷されてある本と交換できないか交渉してみた。店員は渋ったが、応じてくれた。

それから、二人で中華料理店へ行き、ラーメンを食べた。あまり美味しくなかった。

「これからどうしようか？」

時刻は午後五時頃だった。日はまだ明るい。私は彼女といてもあまり楽しくなかったし、日頃の疲労が蓄積しているようで身体がだるく、早く部屋に帰って寝たかった。明日の朝、朝刊の配達もあったし。それで、ここでバイバイすることにした。

私はこの時期複数の女性とデートしたりしていたが、手をつなぐこと以上に仲が進展せず、童貞のままだった。開放的な性格の水寺温子なら初体験の相手になってくれるかもしれないと不埒な考えが頭をよぎっていた。少なくとも今回のデートでキスぐらい経験として、しておいた方がよかったのかもしれないと思ったりした。

『その時すでに異常だった』は、合評会で酷評された。まず散文詩形式ではなく、ちゃんとした小説のスタイルとして書くことを指摘された。

「中上健次の『十九歳の地図』って、読んだことあるかい？」

私は読んだことがなかった。そもそも中上健次という小説家の存在すら知らなかった。

「新聞配達少年が主人公の名作だよ。今度読んでみたらいいよ」

田富小説家チーフに忠告を受けた。

「読んでいて辛い」

私の作品を読んで、そんな声が多数を占めていた。水寺温子は所用で欠席していたが、感想文を残していて、それにはただ、

「暗い。重い」

と書き記してあった。私は落胆せず、逆に闘志を燃やした。

「今度は皆をぎゃふんと言わせるものを書いてみせる」

最後に、そう宣言した。

「そう、その意気よ」

西原さんが感心してくれた。次回作、本当に頑張ろうと思った。私の心の中で西原さんのことを想う気持ちの度合いが大きくなった。


専売所では、志摩さんと一番仲良くなった。私は誰かに甘えたかったのかもしれない。その点、志摩さんは専売所の学生の中で一番年長者で、うってつけの存在だった。どちらかというとおっとりとした性格の人で、上京してきてから間もないバイタリティ溢れる私とは何かと馬が合った。一緒にテニスラケットを買いに行ったり、武道館までロック歌手のコンサートを観に行ったりした。

「俺たちも成り上がろう」

口癖のように言い合っていた。天候の悪い梅雨の時期は、お互いに励まし合った。梅雨の雨が続く時期は新聞配達もつらかった。

志摩さんは越田所長からはきつく当たられていた。学生の年長者だったこともあるし、同県人だから余計厳しく接しているのではないかと私には思えた。

「へこたれず頑張ってくださいよ」

私が慰める夜もあった。大都会東京で、肩と肩を寄せて、貧しいなりに、苦しいなりに、私たちは生きていた。

志摩さん以外の専売所の学生とも仲良くしていた。オーディオに詳しい野中君とは秋葉原までステレオコンポセットを買いに行ったし、橋高君とは春江美奈主演の新作映画を観に行ったりした。隣部屋の一つ上の田岡さんは面倒見が良く、先輩として仕事や東京での生活についていろいろ教えてくれた。

春江美奈は大学生になって、本格的な女優活動を始めたようだ。メディアでの露出がかなり増えていた。私は彼女が本当に遠くに行ってしまったように感じた。彼女への想いが少し冷めた気がした。

ある男に捧げる鎮魂歌

夏まで、せわしなく過ごした。新聞配達の仕事を辞めたくて仕方がなかったが、それが許される状況ではなかった。新聞奨学生というのは、入学金と一年目の学費を新聞社から無利子で借り、働いてそのお金を返すシステムだった。私が辞めるにはまずそのお金を全額返済しなければならない。その上で、次年度以降の学費と生活費も必要だ。大学をやめることは考えにくかった。大学をやめて、私ができることは何もなかった。十八歳の身空で世間の荒波にもまれ、生きていくのは不可能なように思えた。

学校はあまり面白くなかった。講義は体育の時間以外退屈だったし、勤労学生で忙しい私と時間が有り余っている他のクラスメートとの間には見えない壁のようなものが存在していた。話が上手くかみ合わなかった。一度野高君に他の女子大の学生との合コンに誘われ、喜び勇んで出席したが、完全なる人数合わせだった。中谷香里からは電話はなかったし、水寺温子も迫ってこなくなった。つれない私が嫌になったのだろうか。

文芸部でも孤独だった。唯一の友は同じクラスの糸田君だった。彼がいてくれたことで、かろうじてクラスメートや文芸部の仲間とつながっていた。私はただでさえ口下手の非社交的な田舎者の人間だった。その上、ひねくれた偏屈者でもあった。東京での学生生活では完全に気後れしていた。

気温が上昇するにつれて、配達で体力を消耗するのが大きくなった。喉が渇いて仕方がない。朝刊配達後の朝食が喉を通らなくなった。牛乳一本と生卵を流し込んでごまかしていた。

七月の中頃から、楽しみにしていた専売所対抗の野球大会が行われた。毎週日曜に、夕刊の配達のない暑い昼間に行われた。強い日差しが照りつける中、私はピッチャーとして出場した。キャッチャーは橋高君である。ユニフォームなどない。皆、配達用のジャージを着用してのプレーである。地区予選一回戦は相手チームが棄権による不戦勝だった。二回戦、勝てば地区大会本戦に進出できる大事な試合だった。序盤、私は調子が出ず3点先制されたが、徐々に盛り返し、後半は三振の山を築いた。打線も奮起し、三番を打つ私が逆転タイムリーを打つなどして、見事勝利を収めた。私と橋高君が二安打ずつ打った。野球経験者でないが、サードを守った田林君が意外と上手かった。よく打った。

地区大会本戦の一回戦の日は本当に暑かった。私は攻撃の時もベンチに座らず、少しでも日陰のある涼しいバックネット裏の方へ避難していた。試合は常に先手を取ってリードした私たちが5対3で競り勝った。私と橋高君が三安打ずつで打ちまくった。レフトを守っていた千秋さんが大フライを好捕するというファインプレーもあった。この試合でも田林君の攻守が光った。龍主任がベンチにどっかりと座り、大きな声で声援を送ってくれていた。その声を聞いていると、負ける気がしなかった。越田所長は忙しいらしく、試合を観には来ていなかったが、試合から帰ると勝利のご褒美に、近くのソバ屋からざるそばを取って奢ってくれた。この時期、夏の甲子園大会が開催中で、富山県代表校は主将が選手宣誓をしたのであるが、この日一回戦で惜敗していた。橋高君の母校がなんと甲子園出場を果たしていた。私の母校富山城南は県大会の初戦でコールド負けを喫していた。

地区大会本戦の二回戦は強豪チームとの対戦だった。この日ちょうど試合をする時間が橋高君の母校が甲子園で試合をするのと被り、橋高君は気もそぞろだった。試合中、ベンチに戻った時は龍主任が持参したポータブルラジオに聞き入っていた。前キャプテンとして、本当は甲子園まで応援に行きたかっただろう。当然こちらの野球には集中できていなかった。扇の要、主軸のキャッチャーがそんな様子だったから、うちのチームは締まらなかった。私は暑さのせいもあり、途中で2点リードされたところで気が抜けてしまい、その後追加点を取られ、大差で惨敗した。橋高君の母校も甲子園で、0対2で敗退していた。

夏休みは学校に行く負担が減る分仕事に専念できて、精神的には良かった。私は九月の中頃にある文芸部の夏合宿で発表する小説を執筆していた。専売所の学生に与えられる一週間近い夏季休暇を私は富山の実家には一日だけ帰って、あとは長野県飯田市で行われるその合宿に費やそうと決めていた。

「私の夏季休暇は九月の中頃にしてください」

お盆に休暇希望が集中する中、そうした希望を口にした私に、休暇の調整に苦労していた龍主任は喜んで了承してくれた。


東京の八月、私は昼間暑くて部屋にいられないので、近くの図書館に行って小説を書いていた。冷房器具は古道具屋で買った扇風機ぐらいしかなかった。

流れ者の専業で、芸能人のコンサートのバックバンドをしているという自称編曲家の佐伯克彦さんと親しくなり、一緒にいる時間が多くなった。専売所の業務が終わった夜、よく深夜喫茶に行き、私は小説を書き、佐伯さんは譜面に音符を書いたりして、何やら編曲作業らしきことをやっていた。佐伯さんは三十代半ば、赤色のフレームの眼鏡をかけ、業界人らしく口ひげを生やしていた。

「芸能人に会わせてあげるよ」

しきりに口にしていたが、実現することはなかった。本当に業界人なのかどうか怪しかった。夏が終わる頃、いつの間にか専売所からいなくなっていた。私は越田所長や龍主任に理由を問うことはしなかった。流れ者の専業にはそうする者が多かった。専売所で半年近く働き、私もそういうものだと理解し始めていた。

九月十日。八十枚程度の小説『ある男に捧げる鎮魂歌』を書き上げた。明後日から夏合宿が始まり、私はその予定に合わせて休みをもらっていたが、休みの初日には富山に帰りたかったために、二日目から参加することにした。それで、書き上げた小説を先に誰かに託さなければならなかった。私は西原さんに託そうと決めた。文芸部の名簿を見て、電話した。西原さんは快く了承してくれた。行きつけの渋谷の喫茶店で待ち合わせをして、手渡した。西原さんは必死で自分の小説を仕上げようとしているところだったようだ。長居しては悪いと思い、早々に別れた。でも、久々に憧れの女性の先輩に会えて、一服の清涼剤を得た気分になった。西原さんは都会の香りを振りまいていた。私の心の中で西原さんが占める割合がますます大きくなっていた。

約半年ぶりに富山に帰った。町は何も変わっていなかった。島高君と会い、一緒に酒を飲みに行った。島高君は四月に退院し、今は夜間学校に通っているという。私は地元に帰って緊張感が解けたのか酔っぱらってしまい、家への帰り道、大声で品のない言葉をがなり立てていた。勘定はすべて働いている私が払った。

「お母さんも富山で頑張っているから、あなたも身体に気をつけて東京で頑張って」

母は依然新聞配達をしていた。私は照れくさくて何も言わなかった。父とも何も話さなかった。妹は中学に入り、ソフトボール部で活動していた。私は本屋でソフトボールの技術解説書を買って与えた。私の心は夏の合宿先へ一足早く飛んでいた。

翌日、電車を乗り継いで長野県飯田市の合宿先の民宿に入った。

「お久しぶりです」

一、二、三年生が参加しての合宿だった。四年生では高瀬さんも来ていた。水寺温子は不参加だそうだ。彼女は文芸部の半ば封建的な雰囲気が合わないからか、六月ぐらいから考古学研究会の方に熱を入れていた。私とは学校で顔を合わせても挨拶を交わす程度だった。

私が一番長い小説を書いたと思っていたが、徳山さんが百枚強の作品を書いてきていた。西原さんも私と同じ八十枚くらいとかなり長い枚数だった。木藤部長と岩賀さんは作品を発表しなかった。岩賀さんは完成すると二百枚強になると豪語する作品のプロットだけ持ってきていた。高瀬さんも作品を持ってきていた。合宿の初日と二日目、三日目で全員で読み合わせて合評会を行うのである。夜は連日宴会だった。馬鹿騒ぎをしていた。

私の二作目の小説も酷評された。新聞記事を丸写しにしたような箇所があるというのである。事実、その通りだったので、私はぐうの音も出なかった。

「次こそ傑作を書いてやる！」

私は自作の合評会の時、最後にまた吠えた。吠えるしかなかった。負け犬の遠吠えのようなものだった。

この合宿で、私はあからさまに西原さんの近くにいた。自分をアピールしようとした。

魂胆が見え見えだった。それでもお構いなしだった。

「史学科には猪突猛進の人が多いわね」

西原さんに遠回しに揶揄《やゆ》された。彼女は今、運転免許を取ろうと自動車教習所に通っているという。私は彼女のことをもっと知ろうと、いろいろ話しかけた。ライバルもいた。同じ一年生の高子君も彼女に接近していた。西原さんは付属高校の時も文芸部に所属しており、高子君はその時からの直系の後輩だった。それだけに、思い入れが強いのだろう。カメラを持ってきて、いろいろ部員を撮影していたが、西原さんのスナップが一番多かったように思う。私と高子君の行動を見て、周りの部員、特に先輩たちはにやにやしていた。私にはその笑いが何を意味しているのかわからなかった。わかろうともしなかった。

文芸部の夏合宿は無事終わった。

「明日からまた闘いの日々だ！」

帰りの電車の中で、私は西原さんに聞こえよがしに叫んでいた。自分はまた大都会で新聞配達という重労働の格闘に戻る。その雄姿を見届けてくれ、と伝えたかった。

翌日から、また朝四時起きの生活が再開された。

学園祭

大学の授業は九月がほぼ休講で、十月から後期が始まった。私はキャンパスに足を運んでも、文芸部の部室でだべることに時間を費やした。そこが癒やしの空間だった。

秋には年に一度の学園祭という大きなイベントがある。文芸部では文学関係の著名人を呼んでの講演会と自作自演の寸劇を披露することが毎年の恒例だった。それをもって三年生は引退し、代替わりとなるのであった。

また、「ＫＧ文学」なる文芸部の同人誌を発行するのもこの時期だった。これは一年間に発表された作品の中で、ベストと思う作品を掲載するものであった。文芸部員にとって、一年間の集大成であり、必ずしも発表された作品がすべて掲載されるものではないので、選ばれるのはかなり栄誉なことだった。掲載される作品は、三年生の首脳陣によって選ばれた。私の作品は選ばれなかった。一年生では山瀬君の小説と、糸田君と水寺温子の詩が選ばれた。前期、熱心に活動していなかった私は、それだけに先輩たちの心証が良くなかったのだということにして、しょうがないと割り切った。

講演会では太宰治の研究で名高い若い評論家を呼ぶことにした。寸劇は木藤部長が作・演出を担当することになった。主演は田富小説家チーフである。私にも役が与えられ、出演することになった。広島弁をしゃべる変な男の役だった。私は田林君の話し方を参考に、役作りをした。

十月からの文芸部の活動は、毎回寸劇の稽古に充てられた。私は芝居にも興味があったので、楽しんで参加していた。ただ、土曜日は途中で新聞配達のため中座しなければならないことが心苦しかった。本当はフルで活動したかった。

秋の文芸部での活動は充実していた。憧れの西原さんもいたことだし、熱が入った。西原さんも役者として寸劇に出演することになっていた。可憐な乙女の役だった。学園祭は十一月の下旬だった。寸劇の稽古をしながら、私は日ごとに西原さんへの想いを募らせていた。彼女は誰か好きな人とか付き合っている人がいるのだろうか。あの外見だもん、いるだろうな。でもよ……。私は悶々としていた。

そして、十一月の最初の週の水曜日、文芸部の部室から寸劇の稽古をするための教室に移動中、衝動的に告白してしまった。

「私は貴方が好きです。私と付き合ってください」

応えは、ノーだった。

「ごめんなさい。本当にごめんなさい。私、他《ほか》に好きな人がいるんです」

彼女は茶化さず、真摯に受け止め、対応してくれた。それが嬉しかった。でも、やっぱりという結果だった。半ば覚悟していたこととはいえ、私は見事に爆死してしまった。

次の土曜日の活動日の時間前、購買部へ買い物に行くのに、なぜか田富小説家チーフがついてきた。その道すがら、

「俺と西原さんは付き合っているのだよ」

と教えてくれた。なんとなく雰囲気でそうではないかと思っていたが、それは本当のことだったのだ。

「自分は大丈夫です。もう諦めましたから。すっきりしましたから」

と田富小説家チーフに私は言った。田富小説家チーフと西原さんは私に気を使ってなのか、その日以降の活動では今までと同様に接してくれた。優しい先輩たちだった。私も今まで通り何食わぬ顔をしていた。何事もなかったかのように振る舞っていた。

ちょうど十一月の中旬だった。部屋で転寝《うたたね》していると、呼び出し電話のブザーが鳴った。私宛に電話がかかってきたという知らせだった。一階に下りて、大家に礼を言い、電話に出た。

「もしもし」

中谷香里からだった。春先、中谷香里には専売所の電話番号しか教えていなかった。それで五月以降電話がなかったので、私はアパートの方の電話番号を記して彼女の寮に葉書を送っていた。西原さんにフラれて、少し落ち込んでいた時だった。まさか電話がかかってくるとは思っていなかったが、そのまさかが現実になった。ただ、私は寝ぼけていた。

「お仕事、頑張ってください」

大して会話が弾まず、そう言って電話を切ろうとする中谷香里を引き留めようともせず、私は何も深く考えないで、そのまま電話を切ってしまった。これで完全に彼女との縁も切れた。後でよくよく考えると、しまった、と後悔した。

自分たちの学園祭に先立って、日曜日、待ち合わせて糸田君とSY女子大学の学園祭を見に行ったりした。SY女子大は日本でも有数のお嬢様学校だった。新しい出会いがあるかもしれない。期待して行ったが、何もなかった。学園祭で公開されていた在校生アンケートで、パートナーに求めるものの第三位に家柄とあった。それればかりは自分がいくら努力してもどうにもならないものだった。糸田君と二人でとぼとぼと帰った。千五百円で美術部員に似顔絵を描いてもらった。

ＫＧ大学の学園祭は祝日、土曜日、日曜日と三日間にわたって行われた。文芸部の活動スケジュールは、祝日に寸劇の通し稽古、土曜日に講演会、日曜日に寸劇を披露するというものだった。私は夕刊の配達のため、土曜日の講演会には最初から参加しないことにした。途中で中座するのが忍びなかったからだ。

最終日の寸劇は午前中と午後の二回公演だった。稽古通り、演技できたと思う。午後の公演後、観客の一員となってくれたＯＢ、ＯＧも含めて、皆で車座になって日本酒を飲んだ。何か達成感があった。私はこの日も、したたか酔っぱらった。楽しかった晩秋の一日だった。

学園祭が終わり、文芸部は代替わりして、新体制となった。野本さんが部長兼小説家チーフになり、谷田さんが詩人チーフになった。徳山さんはどういういきさつがあったか知らないが、活動に参加しなくなっていた。糸田君と山瀬君が渉外になり、広塚君が会計で、篠崎君が書記になった。私はあまり熱心に活動していなかったので、平の部員のままだった。広塚君も年長者ということもあってか、あまり活動に参加しなくなった。高子君と水寺温子は完全に文芸部をやめ、それぞれウェイトリフティング部と考古学研究会に移っていた。

「金井、おまえ、ちょっと生意気なんだよ」

この時期、文芸部新体制の首脳である野本部長兼小説家チーフと谷田詩人チーフに同時に言われた。それはもうお客さん扱いが取れ、正式な部員と認められた証拠でもあった。

「でも金井、俺はそんなおまえが好きだけどな。ただ、もう少し人間関係に気を配った方がいいかもな」

徳山さんが言ってくれた。生意気と言われることについて、自覚はあった。不遇である現状の自分の身の上から発生したものであるとはいえ、私は目上の人や先輩に対しても平気な顔で暴言を吐いていた。特に酒の席で酔いに任せて。若気の至りと言ってしまえばそれまでだが、少々度が過ぎていたのかもしれない。私は文芸部で頑張っていきたかった。少々のことではやめたくなかった。先輩たちには好かれたかった。だから、態度を改めることにした。

「おまえ、自爆したんだって」

私が西原さんに告白してフラれたことは部内で噂が広まっていた。

「馬鹿だな、おまえも」

そう言ってたしなめながら、谷田詩人チーフが部内での恋愛相関関係を教えてくれた。田富元小説家チーフと西原さんの他に、木藤元部長と作本さん、島子元詩人チーフと原田さん、沢口元小説家チーフと橋川元詩人チーフが付き合っているらしい。沢口元小説家チーフカップルはすでになんと同棲をしているということだ。

「だから、文芸部の女性陣はＯＧも含めて全員決まった相手がいるんだよ」

酒の席で、これはオフレコだよ、と谷田詩人チーフが言った。私は全然知らなかった。ただ、そういう谷田詩人チーフも一年生の時、橋川元詩人チーフに一目惚れして爆死した経験を持っているそうだ。私はそんな谷田詩人チーフに親近感を持った。谷田詩人チーフには本や服をもらうなど、いろいろと世話になった。

野本部長兼小説家チーフにもたくさん本をもらった。その野本部長兼小説家チーフであるが、今年の春先、水寺温子と付き合い始めたが、破局したという話だった。水寺温子が文芸部をやめたのもそれが一因らしい。私は自分と彼女のことは黙っていた。彼女は気の多い女だったようだ。またある日の宴席で、山瀬君が自分も西原さんが好きだったと告白した。なかなか上手くいかないものだ。

十二月の合評会で、私は三作目の小説を発表したが、またしても不評に終わった。

師走。私は新聞を走り配っていた。

憔悴

新聞配達員に年末年始はない。私は正月にもかかわらず故郷富山に帰ることもできなくて、あくせく働いていた。ちょうど一年で一番寒い時期だ。私の心も冷え切っていた。人恋しかった。東京に来てから富山時代の友人知人に一切連絡を取っていなかったが、富山城南野球部のチームメート数人から年賀状が届いた。未練がましく村岡純子に年賀状を出していたところ、彼女からも返ってきた。

「一度会いたいな」

と記してあった。それで少し心がほぐれた。今度帰省した際、また電話してみようかと思った。今度は意外と上手くデートまでこぎつけることができるかもしれない。

一月は年度末のテスト期間だった。私は学業に気持ちが入らず、成績を左右するレポートを提出していなかったり、テストを受けていない科目もあった。こんなことではいけない、と思っていても気乗りがしなかった。憂鬱な毎日を送っていた。

流れの専業の上井《かみい》清幸さんと仲良くなった。上井さんは三十代半ば、痩身、長髪で、前歯が欠けていた。学生時代硬式テニス部にいたという。

「ハイビスカス」という店を紹介されて、一緒に飲みに行った。隣駅の武蔵小山にある女性ホステスがいる店だった。

「よろしくね、金井君」

雪乃という二十三歳のアルバイトホステスがにこやかに応対してくれた。これも社会勉強の一つだと私は思っていた。未成年なのに、平気でウイスキーのボトルをキープした。見渡すと、高校生らしき客もいた。そういう店だった。一晩ボトルを入れても一万円弱で飲めた。

「金井君って、殿様みたいだね」

雪乃に指摘された。確かに私は周りをあまり気にせず、酒が飲めない年齢なのに悠然と酔っぱらっていた。老け顔の外見からもそう見えるらしい。

「じゃ、雪乃さんのことを姫と呼ぼう」

気の利いた返しができたと思った。

「殿」

「姫」

「乾杯しましょう」

「乾杯！」

二人でグラスの水割りウイスキーを飲み干した。楽しげな宴の夜だった。けど、飲んだ次の朝は決まって虚しくなっていた。

女を抱きたい、と思っていた。私はまだ童貞だった。キスすらしたことがなかった。中谷香里と手をつないだのが今までの最高成績だった。雪乃に上手く言い寄れば、初体験の相手になってくれるかもしれない。不埒な考えで、何度か店に通った。雪乃の身体目当てに一人で行った夜もあった。雪乃は豊満な大人の身体をしていた。触れてみたかった。できなかった。言い出すこともできなかった。

「今度、服買って」

おねだりされた。もしかしたら、それがきっかけで……。なんて、思い過ごしか。相手はアルバイトとはいえ、年上の百戦錬磨と思しき女性だ。水商売の女は軽そうに見えて、意外と身持ちが堅いと耳学問したことがある。奥手の私が敵う相手ではないように思えた。

「金井君、君はまだ学生だし未成年なんだから、あのような店に行ってはならないよ」

そのうち、私の悪い噂が耳に入ったとみえて、越田所長に注意された。それで、もう「ハイビスカス」には行かないことにした。軍資金が豊富にあるわけでもなかったし、これ以上越田所長に睨まれたら、専売所を強制的に辞めさせられるかもしれないと思ったからだ。

二月になり、大学は春休みで昼間時間があるので、自動車教習所に行くことにした。自動車教習所は大崎駅近くにある所を選んだ。時を同じくして、春江美奈も自動車の免許を取ろうと考えていると情報誌に記事が出ていた。どこで免許を取るかわからなかったが、もしかしたら同じ自動車教習所に通うことになるかもしれないと淡い期待を抱いた。東京は広いようで、狭い。狭いようで、広い。

自動車教習所では、技能の第二段階で早くも躓《つまづ》いた。生来の不器用さが災いして、教官からなかなかOKのハンコをもらえなかった。東京は人が多い。おまけに時期的に免許を取りに来ている者が大勢いた。練習車に乗る予約がいっぱいで、一週間に一度乗れれば御の字だった。あまり乗る機会が少ないので、上達が遅い。私は第二段階より、先に進めなかった。道行く車の運転者は、いとも簡単に操縦しているのに、私はできない。自己嫌悪に陥った。挙げ句の果て、リタイアすることになった。時間的にも春休み中に免許を取得するのが困難な状況になった。こんなことなら、部屋に寝転んで好きな本を読みまくる生活を送っていればよかったと思ったが、もうどうしようもなかった。

別れと出会い

三月になった。東京に来て、新聞配達をして、はや一年が経った。三月は年度末、別れと出会いの季節でもある。

橋高君が東京六大学のM大学をリベンジ受験して、見事合格。専売所を辞めることになった。田岡さんもコンピュータプログラマー養成専門学校を卒業、就職も決まった。志摩さんも卒業の予定だが、皆に挨拶せず、いつの間にかいなくなっていた。少し前まで越田所長にだらしない生活ぶりをきつく叱責されていた。小寺さんは大学四年生になる予定なのだが、お金が貯まったという理由で辞めていった。専業では上井さんがどこかへ流れていった。それから、覚えきれないほどの人がやって来ては去っていった。

去る者がいれば、定住する者もいた。石沢健さんはW大学政経学部で私と同じ学年ながら、二十三歳で、一度東北の大学に入学しておきながら浪人してW大学政経学部に入った変わり種だった。浪人時代に二年ほど西五反田専売所で働いていた経験があり、このたび小寺さんの代わりに代配として復帰することになった。山形県新庄市出身。高校野球の経験者。四番でサードだったそうだ。

もう一人、能登哲夫さんも石沢さんと同じ時期に働いており、当時専門学校生で一度就職したが、会社で自分の能力の限界を感じ、再度大学受験をするため十二区を配ることになった。岩手県盛岡市出身。大柄で眼鏡をかけた元サッカー部。私と何かと馬が合った。能登さんが再入所したことにより、田林君が十一区に回ることになった。

新卒では、二区に潟《がた》淳史《あつし》。山形県酒田市出身のコンピュータプログラマー養成専門学校生。七区に笹田《ささだ》倫太郎《りんたろう》。通称プー太郎。石沢さんが名付けた。岩手県花巻市出身の予備校生。九区に沢頭《さわとう》健司。岩手県一関市出身のMG大学第二文学部の一年生。通称メメコ。これも石沢さんが名付けた。

それから、新卒ではないが、四区に中国からの留学生新謙信《しんけんしん》。二十歳。他の専売所から移ってきた。十区の野村義一。二十歳のコンピュータプログラマー養成専門学校生。浪人生だったが、大学受験には挫折したようだ。

「大学生って、皆人間味がないじゃないですか」

が口癖。そんなことないのに。広島県広島市出身。元水泳部。色のついた眼鏡をかけていた。その他にも新卒で入ってきた者がいたが、一週間も経たずに音を上げて辞めていった。ただでさえ慣れない者にとっては重労働なのに、三月の後半は東京ではよく雨が降る。

「新人泣かせの雨だよ」

能登さんが言っていた。沢頭君は仕事の初日に雨にやられ、泣いていたので石沢さんがメメコと名付けた。専業が今一つ定着しないので、新年度からは学生が多い布陣でスタートすることになった。

三月下旬、新学期に先立ち、伊豆下田の民宿で文芸部の春合宿があった。私は龍主任にお願いして、二月三月の休暇を貯め込み、特別に許可を取って四日間の連休をもらい、参加した。参加したメンバーは、野本部長兼小説家チーフ、谷田詩人チーフ、山瀬君、篠崎君、私の五人だった。

衝撃的なニュースが私の耳に届いた。なんと春休み中に糸田君が急性心不全で亡くなったというのである。二十一歳の若さであった。犬の散歩から帰り、自室のベッドの横たわったまま、そのまま還らぬ人になったそうである。

「恵三ーっ、なぜ死んだーっ」

合宿の初日の夜、叫び癖のある篠崎君が酔っぱらって、伊豆の海に向かって大声を上げていた。私も糸田君の死が信じられなかった。最初聞いた時は冗談だと思った。が、事実だった。自分と大学をつなぐ貴重な友人を失ってしまった。悲しみに暮れた。

合評会で新作を発表したが、例によって酷評された。

方向転換

四月。私は大学二年生になった。ＫＧ大学はいくら単位を落とそうが、自動的に四年生まで進級できることになっていた。一年生の時の成績が発表された。私はテストを受けなかった科目もあり、全十三履修科目のうち、三科目しか単位が取れなかった。しかも体育だけが優判定で、あとは良と可であった。さすがの私も焦った。このままでは落第生で、留年必至である。いや、それどころか、強制退学もあり得るかもしれない。何のために新聞配達して苦労しているのかわからない。大学のクラスメートの中には、私と同じように単位をかなり落として、自主退学の道を選んだ者もいた。軽音楽命で講義に出なくてもサークル活動だけ熱心にやっている者もいて、サークル活動が引退となる三年生の秋には大学をやめるつもりだという者もいた。私はそんな思い切ったことはできなかった。十九歳で何者でもない自分に何ができるというのだ。大学をやめたくはなかった。二年生からは真面目に勉強しようと心に誓った。それと同時に、新聞配達の仕事を辞めることを真剣に考え始めた。仕事が辛いだけではない。現に、学業にも支障をきたしている。二年目で東京という街にも慣れた。違うもっと楽な、そして時間にあまり縛られない仕事がしてみたいと思った。文芸部の活動にももっと力を注ぎたかった。私にとって、小説を書くことがその頃の生きがいだった。現状では小説を書くことも、本を読むことも、サークル活動に参加するのも制限がかかっている。もっと、自由になりたかった。思う存分、他の普通の大学生と同じように青春を謳歌したかった。

一年生で単位をかなり落とした分、二年生で再履修すべき講義はただでさえ多かったが、その上に教職課程も受講することにした。もともと教師になることも視野に入れて苦学生の道を選んだのであった。それで、今まで以上に状況が苦しくなった。

母に手紙を書いた。苦しい胸の内を記した。新聞配達を辞めたいので、学費か生活費を援助してもらえないか、と。数日して、返事が来た。仕事を辞めたいとは、大変驚いた、驚いて、ぎっくり腰になった、男は一旦志を立てたら、それを貫くものです、泣き言を言わず、もう少し頑張ってください、と記してあった。おそらく、母も援助したくても自分たちの生活が苦しいので、できないのであろう。鬼のような母の手紙に私は奮い立った。やはり、親はあてにならない。自分でなんとかするしかないのだ。私はもう一度、初心に返ることにした。早期に新聞配達を辞めるため、お金を貯める計画を立て、倹約生活を始めた。

新学期になってすぐ、大学のクラスでは糸田君の弔問に、日曜日に群馬県の太田市まで行く計画が立てられた。私はそのメンバーに加わらなかった。私は新聞配達をしていて、群馬県の太田市まで行って、もし万が一月曜日の朝の配達時間まで戻って来られなければ困るからだ。最も糸田君と親しかったのになぜ、と疑問に思うクラスメートもいただろう。こんなところにも仕事を持っている弊害が出ていた。自分の行動が制御されていた。心苦しかった。早く新聞配達を辞めたいと強く思った。

糸田君という私と大学との懸け橋になってくれていた貴重な存在を失い、私はクラスメートと改めて人間関係を築いていかなければならなかった。

文芸部の後輩たち

文芸部に新入部員が入って来た。

関田《せきた》義則。国文科。群馬県吾妻郡の老舗旅館の長男。一浪しているから、年は私と同じだ。小学校を卒業と同時に、神奈川県のエリート中高一貫校に入った半分ハマッ子。人当たりが柔らかい。同じ年ながら、何かと先輩である私を立ててくれていた。

田久保朋美。国文科。山梨県韮崎市出身。SFファンタジーが好きだそうだ。少しぽっちゃりとしているが、パッと見た目には可愛いようにも見える。山岳部と掛け持ち。私はちょっと気が惹かれた。

中田亜香里。国文科。東京都目黒区出身。付属高校からの進学。こちらもぽっちゃりとしていて、色が黒い。呉服問屋の令嬢だった。

その他、田内敦也という国文科の二十歳が入って来たが、評論を一本書き、酷評されると、四月末のソフトボール大会を最後に退部してしまった。そのソフトボール大会で今年も私はホームランを打つなど活躍し、三回戦まで勝ち進んだ。

新歓コンパで、私はしたたかに酔っぱらい、醜態をさらしてしまった。日頃の憂さが爆発する形で、前後不覚になるまで飲み、トイレで吐いた。

「先輩、しっかりしてください」

意識が飛んでおり、気づくと田久保朋美に背中をさすられていた。広塚君と山瀬君に肩を担がれて、コンパ会場から一番近い山瀬君の下宿まで運び込まれた。翌朝が新聞休刊日でよかった。山瀬君の下宿で、私は泥のように眠っていた。こんな形でしか自分の心の内を体現できない自分自身が嫌いで、もどかしかった。情けなかった。

酒の件では、一度、専売所にも迷惑をかけたことがあった。その前夜、私の住むアパート近くの野中君のアパートの部屋で、仲間数人と痛飲した。配達時間間近まで飲み、私はその部屋を後にした。皆はそのまま配達に行くものと思ったらしい。が、私は自室に帰り、眠りこけてしまった。そして、いつもの配達時間より二時間遅れて、龍主任に叩き起こされるまで寝ていた。その日、四月にしては季節外れの雪が降った。専売所では遅配の苦情電話が鳴り止むことなくかかってきていた。越田所長は何も言わなかった。怒らなかった。

あえて黙ったまま、私の配達を手伝ってくれていた。

私は、さらにこの時期虫歯に苦しみ、富山市の健康保険証では東京の街の歯医者が受け付けてくれなかったので、東奔西走し、日本一大きいN大学の付属病院でようやく治療を受けることができた。なかなか新作の小説の執筆がままならなかった。

おまけに専売所に私宛にかかってきた電話によるレーザーディスクのキャッチセールスに引っかかってしまい、それをキャンセルするのにいろいろな手続きを踏まなければならず、それだけで疲れ果てていた。

私は田久保朋美にひそかに恋心を抱いた。新入部員の彼女と中田亜香里を二人合わせて、白ブタ、黒ブタと呼ぶ先輩もいたが、私はそうは思わなかった。チャンスがあれば、田久保朋美にアプローチしてみるつもりだった。中田亜香里の方はなぜか私を避けるように接してきた。何が気に食わないのか、

「私、金井さんとは生理的に合わないみたいなんです」

と、陰で暴言を吐いていたとか。私には辛い言葉だった。

二年生になって、山瀬君が昨年の実績を引っ提げて張り切り、月一回の合評会には必ず新作を発表していた。私もそうしたかったが、なんせ新聞配達の仕事と学業が忙しく、思い通りには活動できなかった。夏休みまでの前期では一作発表しただけで終わってしまった。

不屈の人

いろいろ忙しくしていると、あっという間に夏が来た。私は今年度で新聞配達を辞めるために倹約生活を実行していた。余分な物は買わない。本は極力図書館を利用する。昼食はほとんど学食。専売所では仕事が休みの日にも夕食が用意されるが、今まではそれを食べずに外食していたところをできる限り専売所でとることにした。身なりにあまり気を使わず、着の身着のままだった。銭湯にも週に二回行くのみだった。

七月。新聞休刊日を利用して、専売所の学生全員で石沢さんが幹事になり、千葉県の御宿まで一泊二日で海水浴に行った。昼間泳いで夜宴会を開くつもりだったが、皆、日頃の疲れと泳ぎの疲れが出て、早々に眠りこけてしまった。朝起きて、苦笑いするしかなかった。

そして、専売所対抗の野球大会の季節がやって来た。今年も私がピッチャーを務めた。二回戦で敗れたが、今年は越田所長の推薦で石沢さんとともに地区代表選手に選出された。代表選手は品川区の大会に出場するのである。夏休みの昼間、代表選手が集まって、何回か練習を行い、大会に備えた。大会は八チームがトーナメントで競い合うという。直前になって、石沢さんは足を痛めたので代表選手を辞退し、私だけが出場することになった。

大会の日は夕刊配達のない日曜日で、暑い真夏日だった。一回戦、私たちのチームはいきなり優勝候補のチームと対戦することになった。私は九番ファーストで先発出場した。先攻だった。

初回、いきなり3点先制されたが、私たちも五番バッターのツーランホームランなどで追い上げた。三回表、先頭バッターの私はフォアボールで塁に出た。ベンチの監督を窺った。盗塁のサインが出た。初球、私は思い切りスタートを切った。走った。滑り込む。

「セーフ」

盗塁成功。鈍足だった私が、盗塁を成功させた。私は自分自身のプレーに感動した。そしてこの時、夏合宿で発表する作品の妙案《みょうあん》が浮かんだ。今度は今まで避けていた野球物の小説を書く気になった。かなり長い物になりそうだが、果たして合宿まで書き上げることができるかどうかが気がかりだった。試合はこの後、相手ピッチャーの暴投で私が三塁に進み、次の内野ゴロで同点のホームを踏んだ。

3対3のまま、最終回七回裏、ノーアウト一塁のピンチになった。ここで私は相手が送りバントをしてきた打球の処理を慌ててしまい、ファンブルし、ノーアウト一、二塁と傷口を広げてしまった。ただ、その次のバッターの送りバントの構えから強打してきた打球が私の正面をつき、私は今度はこれを好捕、飛び出していた一塁ランナーを、ベースを踏んでダブルプレイに仕留めた。これで少し気が楽になった。味方のピッチャーが後続を討ち取り、延長戦にもつれ込むことができた。八回表、私たちのチームは1点勝ち越し、その裏もツーアウトとして、最後のバッターは一塁側のファウルフライ。私はベンチに入ろうかというう打球をジャンピングキャッチして、試合終了。一回戦勝つことができた。

「金井君は結構やるなあ」

という声がベンチから聞こえてきた。

二回戦。一回戦での活躍が認められ、五番ファーストで先発出場した。二回戦の相手も強敵だった。0対0のまま、四回表、私たちのチームの攻撃。ワンアウト三塁のチャンスを作った。迎えるバッターは私。スクイズのサインが出た。ところが、投球に対し、私はバントせず、バットを引いてしまった。飛び出した三塁ランナーはタッチアウト。みすみすチャンスを潰してしまった。私も凡退した。試合は相手に先制点を奪われ、一度は逆転したが、再逆転され、敗退してしまった。

三位決定戦。私はベンチスタート。この日両チーム三試合目でピッチャーがへばっていたのか、打撃戦になった。私は途中からレフトの守備に就いた。打席が回ってきたが、ヒットを打つことはできなかった。試合は最終回に何本も相手に長打を打たれ、サヨナラ負けした。かなり疲れた一日だった。参加賞として、商店の売れ残りのような柄の悪いセーターをもらった。早く帰って、新作の小説を書き出したい気持ちが逸《はや》った。

残りの夏休みは仕事とひたすら小説の執筆に費やした。なかなか書き切れなかった。ようやく下書きが終わったのが、合宿に出発する前々日だった。次の日から仕事は休みをもらい、その日一日かけて万年筆で四百字詰め原稿用紙に清書するつもりだった。ただ、慢性の寝不足と疲労により、これもあまり進まなかった。結局、完徹しながらも出発の時間までに書き上げることができず、合宿地に持ち込んで仕上げることにした。

合宿の二日目の夜、百二十二枚の私にしてみれば大作の『不屈の人』は完成した。高校野球のある監督をモデルにしたノンフィクション小説だった。負けても負けても立ち向かっていく生きざまに自分の姿を重ね合わせていた。自信作だった。

それでも、合評会では不評だった。野球がわかる人間にはわかるが、そうではない者にとってはさほど面白くないという評価だった。特に女性陣には好まれなかった。少しがっかりした。合評会ではお互いの作品を褒め合うのではなく、けなし合うのが慣習だったとはいえ、それでもがっかりだった。

合宿中に田久保朋美にさかんにアプローチしてみたが、向こうはあまりこちらに関心がないようで、不発に終わった。四泊五日の合宿を終えて、私はまた東京で新聞配達の仕事に戻った。

専売所ではプー太郎こと笹田倫太郎が私になついてきた。私を「兄貴」と呼んでいた。

何をする時も一緒の時間が増えた。

「おまえたち、いいコンビだな」

石沢さんにもからかわれるほどだった。

プー太郎は浪人生だが、予備校には行っておらず、日中ブラブラ気ままな生活を送っているようだった。あくせくしている私から見れば、気ままに生きていることが羨ましくもあった。

「俺も兄貴みたいな大学生になりたいですよ」

口ではそう言うが、勉強は全然していない。するそぶりも見せない。私はそんな奴の生活態度を何度か注意したことがあったが、改めることはしなかった。

プー太郎は毎日のようにまとわりついてくる。鬱陶しいと思う反面、嬉しく可愛い奴だと思う。そうされることにより、私の心に先輩としての威厳と責任感みたいなものが芽生えた。仕事をするのは相変わらず苦痛で、半分惰性で行っていたが、それでも最低限のことだけでもしっかりしようと思っていた。

田久保朋美はどうやら、谷田詩人チーフのことが好きらしいとの噂が文芸部内で広まった。そういえば、谷田詩人チーフの詩を合評会でべた褒めしたり、熱い視線を送ったりしていた。谷田詩人チーフの下宿に泊まりに行ったこともあるらしい。私は単なる横恋慕野郎だったようだ。

大学生となって、二年目の秋。今年の学園祭でも文芸部では講演会と寸劇を行うことになった。講演会は女性作家を招くことになった。寸劇は谷田詩人チーフの作・演出によるものだった。その前に、「KG文学」掲載の作品の選出があったが、二年連続して私の作品は選ばれなかった。おそらく新聞配達のため活動がフルにできていないことが先輩たちの心証を悪くしていたせいもあると思う。私がこの一年間で発表した作品で、『不屈の人』を別にして、特に「KG文学」に掲載できるような短編小説がなかったのも確かだった。選ばれなかったのは、私と関田の作品だけであった。山瀬君の作品が二作品も選ばれていたのにである。来年こそ。私は捲土重来を誓った。そのためにも新聞配達の仕事を早期に辞める必要があると考えていた。

寸劇では山瀬君が主役を演じることになった。二年生になって、山瀬君は文芸部でエース級の活躍を見せていて、毎回合評会に作品を発表していた。参考になるのと興味本位で、小劇団の芝居も月一度は観に行っていた。芝居見物には私も何度か時間が許す限り付き合って、足を運んだ。

私は道化師の役で出演した。生まれて初めて、顔に白粉《おしろい》を塗った。西原さんと作本さんが手伝って塗ってくれた。

今年も十月、十一月と寸劇の稽古に明け暮れ、学園祭での本番を迎えた。私は仕事の都合上、今年も講演会には不参加だった。野本部長兼小説家チーフと谷田詩人チーフに白い目で見られたが、致し方なかった。徳山さんが文芸部とは別に、自分のクラスの有志を集めて自作の寸劇を披露していた。

学園祭は無事終わった。文芸部は私たちの代、新体制になった。話し合いの結果、山瀬君が部長、篠崎君が小説家チーフ、詩人チーフは詩を発表する者がいないので空位、私と関田が渉外で、田久保朋美が書記、中田亜香里が会計を務めることになった。ただ、新体制になって、熱心に活動しているのは、山瀬君、篠崎君、私、関田の男子四人のみという淋しい陣容であった。

十二月の合評会に発表した野球物の作品も不評であった。

専売所を去る

年が明けた。クリスマスもお正月にも見向きもせず、倹約生活を続けてきたおかげで、どうやら今年度いっぱいで新聞配達の仕事を辞めることができそうなくらいお金が貯まってきた。私は人生の先輩でもある博識の石沢さんに相談に乗ってもらい、今後のことについていろいろと夢想していた。大学生であり続けるため、最低でもあと二年の学費が必要だ。ＫＧ大学は学費が安いことでも有名であったが、私が入学した年から毎年前年度の学費に対し、物価上昇率プラス五パーセントの値上げを敢行することになった。つまり、毎年五パーセントは必ず値上げとなるのである。留年あるいは休学でもすると、それだけ高い学費を払わなければならなくなるということだ。それだけに、私はあと二年で卒業したかった。こんなことで、他の大学生は頭を悩ますことはないだろう。それが羨ましく、また妬ましくもあった。

一月十五日。成人式の日を迎えた。だが、その日も朝から仕事があった。私は成人式の式典には参列しなかった。何の感慨もなかった。実質まだ十九歳だったことにもよる。富山に帰って、幼馴染みに会いたいという気持ちも湧かなかった。心がささくれ立っていた。当日、部屋でラグビーの試合をテレビ観戦していた。成人式なんて、何の意味があるのだろうかと思っていた。大学のテスト期間も近かった。当時私はお金を貯めることに夢中で、質素倹約を実行していたので、スーツすら持っていなかった。

この年は全科目、テストを受けた。当たり前のことであるが。出来はまずまずだった。テスト期間が終わり、春休みに入った二月の上旬、私は意を決して越田所長に申し出た。

「三月いっぱいで辞めさせてください」

その言葉を聞いたいつも冷静な越田所長の顔が一瞬、ひきつった。が、すぐに我に返ったようで、

「ああ、そう」

と言った。越田所長にしてみれば、大切に可愛がっていた飼い犬に噛まれたような心境だったのだろう。私は大学生で四年契約ということで、特別に目をかけられていた。常に優しく接してくれていたし、野球大会で使うスパイクをプレゼントされたこともあった。断腸の思いがあるに違いない。それでも大人の対応をしてくれた。感謝するしかなかった。

専売所をやめることを表明したことで、私は少し気が楽になった。春休み中は新作の執筆と読書三昧に耽った。それと、もう最後だから専売所の仕事の方もしっかりやっておこうと思った。朝寝坊しないために、昼間寝て夜起きている逆転の生活を送った。拡張業務もいつもより頑張った。

「金井君、辞めるんだって」

M大学の学生になっていた橋高君が、硬式野球部の練習休みの日に遊びに来たことがあった。練習がかなりきついらしく、新聞配達をしている頃より痩せこけていた。

「レギュラーになれそうか」

という私の問いかけに、

「監督、コーチの覚えがあんまりよくなくてよ」

と、こぼしていた。

東京でも桜の開花の季節になろうとしていた。私は旅立ちの時だった。一番苦手で嫌だった集金業務を三月分の途中まで勤め、あとは石沢さんに引き継ぎ、専売所を辞めた。

その日、自由の風が私の身体を吹き抜けた。住んでいた専売所の寮の近所に同じくらいの安くて汚い部屋を見つけ、そこに移り住むことにした。家賃は一万七千円だった。アパート二階の一室の四畳半一間。簡易キッチン付き。トイレ共同。風呂無し。部屋には電話線が引かれておらず、一階に住む大家さんからの呼び出しであったが、その大家さんは独身の中年男性の一人暮らしであるせいか、めったに家にいないようなので、電話はつながらないも同然だった。

引っ越しは、プー太郎や私と同時期に辞める野中君や能登さんが手伝ってくれた。野中君はコンピュータプログラマー養成専門学校を卒業して就職、能登さんは大学受験を断念して就職することになっていた。私は借りていた入学金と一年目の学費を完済し、三年前期の学費とひと月分くらいの生活費だけを持って、専売所を辞めた。すぐに次の仕事を見つけなければならなかったが、とりあえず書き上げた新作の小説を持って春合宿に向かった。

春合宿の参加者は、山瀬部長、篠崎小説家チーフ、私、関田、引退した野本元部長兼小説家チーフの五人だった。文芸部では、野本元部長兼小説家チーフの発案で麻雀が流行り出した。私は最初馴染めなかったが、朱に交われば赤で、皆が熱中する渦に巻き込まれ、やがてその競技の虜になった。部内では、お金を賭けない健康麻雀だった。野本元部長兼小説家チーフと山瀬部長が強く、篠崎小説家チーフがたまに大勝ちし、私と関田は弱かった。合宿で、夜を徹して麻雀に夢中になっていた。

「金井、卒業式の日、なんで来なかったんだよ」

山瀬部長に訊かれた。

「いろいろ忙しかったんだよ」

牌を並べながら、私は答えた。

「西原さん、きれいだったよ」

そうか、と心の中で相槌を打った。卒業式の日、大学へ行こうと思えば、行けた。ただ行って、西原さんに会うのは何か未練がましいような気がして、行くのをやめたのだ。西原さんは卒業して、東京の私立高校の国語教師になった。田富元小説家チーフは東京の公立中学の国語教師、木藤元部長は出版社勤務、島子元詩人チーフは東京都の公務員、一年留年していた沢口元小説家チーフは神奈川県の公立高校の国語教師、聴講生として大学に残っていた作本さんは一般企業に就職することになったようだ。岩賀さんは一年留年して、来年就職する予定だと聞く。

私が入学して二年経った。月日は確実に流れていた。

大学三年生

春合宿から帰って、私はアルバイト情報誌で仕事を探し始めた。生活していくのに、最低月八万円は欲しい。その上で、後期の学費も稼ぎ出さなければならない。

私が選んだのは、夜間の道路交通警備員だった。これならば何の資格もいらないし、昼間の講義に出席できるし、思う存分サークル活動もできる。仕事は立っているだけでいいのだと、安易に考えていた。夜八時から翌朝五時頃まで働いて、日給五千円。毎日でなくても、月の半分くらい働けばいいという計算だった。まず高田馬場の警備会社の事務所に行き、ヘルメット、制服、赤色灯とその日の現場の地図をもらい、仕事へ行く。夜八時から現場で監督の指示に従って、交通誘導をする。翌朝始発電車あたりで事務所に帰ってくるという業務パターンだった。

ただ、この仕事も私には精神的にきつかった。立っているだけというのが意外と辛かった。深夜になってくると、車や人の往来が少なくなってきて、睡魔に襲われそうになる。現場の作業員に嫌味を言われたり、酔っぱらいに絡まれたりろくなことがなかった。雨や風の強い日も大変だった。それでも生活のため、頑張らなければならなかった。

学業の方は、二年目の成績が発表され、単位を履修した全科目を取得することができた。

この調子で、三年目も頑張りたいと思った。もう完全に大学生生活が板について来ていた。

文芸部に、今年も新入部員が入って来た。朝田英吾《えいご》。一浪。国文科。埼玉県大宮出身。眼鏡をかけ、前髪が少し薄い。通称英《えい》ちゃん。花井誠。国文科で、朝田と同じクラス。北海道札幌市出身。中学、高校と文芸部の部長をしていたという逸材。痩身で眼鏡をかけている。辻川久則。二浪しているから私と同じ年。史学科。北海道旭川市出身。女の子みたいにちょっとナヨナヨしている。佐々田隆一。彼も二浪しているから、私と同じ年。哲学科。村上春樹に心酔している。顔がテレビによく出る人気芸人に似ていた。神奈川県横浜市出身。他にも入部希望者がいたが、定着したのはこの四人だった。女子は入ってこなかった。

山瀬部長は相変わらず精力的に合評会があるたび、作品を書いてきた。期待の新人、花井の作品を読んだが、あまりパッとしない印象だった。朝田と佐々田は明らかに村上春樹の影響を受けていた。辻川は女の子が書くような少女趣味の作品を書いてきた。私も山瀬部長に負けじと作品を書きたかったが、生活のための仕事が新聞配達時代と変わらず忙しく、また読みたい本がたくさんあったり、より専門的な講義が増えた学業の大変さも相まって、なかなか執筆時間が取れないのが現状だった。山瀬部長は同じ年ということもあるのか、私をライバル視していて、二人の間には複雑な感情が交錯していた。

関田が五月に発表した作品には驚いた。一年生の時は、こいつも梲《うだつ》の上がらない奴だなと思っていたが、二年生になって一皮むけたのか、大変感銘を受ける作品を書いてきた。

篠崎小説家チーフも春合宿で佳作を発表した。いつもは麻雀や花札にばかり熱中しているのに、いい作品を書くものだと私は感心していた。負けてはいられなかった。私は今年こそ「ＫＧ文学」に掲載されるべく作品を書かなければいけなかった。そうでなければ、現役部員最上級生として、示しがつかないと思っていた。

私が専売所を辞めた後も、時々プー太郎は私の部屋に顔を出し、親交が続いていた。

「野中さんがね、就職した会社で高卒扱いされているって、嘆いていましたよ」

野中君はコンピュータプログラマー養成専門学校を優秀な成績で卒業し、二年間新聞配達をして新聞社からのお墨付きももらって、勇んで就職したが、会社ではそのような扱いを受けているらしい。世知辛いものだ。プー太郎はその他、龍主任が独立して他地域の専売所所長になった話や、専売所のその他の学生の動向など、いろいろな情報を私にもたらしてくれていた。プー太郎自身は相変わらず予備校生という触れ込みだが、新聞配達の他ろくに勉強せず、大学を受験する気もないらしくて、毎日気楽にふらふら生きていた。それはそれで羨ましいが、私はそんな生き方はできなかった。

桜桃忌

文芸部の長老格の元岸さんが聴講生となって、未だ大学生生活を送っているのであるが、バンド活動にも熱中しているとのことなので、徳山さんと一緒に観に行った。それは六月のことで、元岸さんたちのバンドがいつも演奏していたライブハウスが閉店になるというラストステージの時だった。ただ、観には行ったが、超満員で入れず、熱気と殺気の渦巻く中、元岸さんたちのバンドも演奏できなかったようで、私と徳山さんは元岸さんのバンドの楽曲が入ったカセットテープを無料でもらい、私の部屋にすごすご帰り、その夜は眠りについていた。

同じ六月の十九日。この夜、私は篠崎小説家チーフ、関田、花井と四人で渋谷の居酒屋で飲んでいた。

「今日は桜桃忌だよな」

篠崎小説家チーフが切り出した。

「そうですね」

関田が追随する。

「太宰の墓参りに行きませんか?」

冗談の一つでも言うように、花井が提案した。酒の席の他愛もないことだと私は受け取った。

「今からか？　もう夜の九時を過ぎているぞ。お寺は閉まっているよ」

私はたしなめた。だが、

「面白い。行くか」

酒の酔いも手伝ってか、興奮したように篠崎小説家チーフが乗り気を見せた。それから話が膨らみ、どんどん勢いがつき、本当に三鷹の禅林寺まで行くことになった。私たちは熱にうかされていたような感じだった。

渋谷から山手線で新宿へ。そこから中央線で三鷹まで向かった。三鷹駅の改札をくぐり、駅前に出た時、夜のとばりはとっぷりと暮れ、商店街は皆シャッターを閉めていた。私たちは街の地図案内で禅林寺の場所を確かめ、歩いていった。場所はすぐにわかった。

案の定、禅林寺の門は閉じられていた。

「どうします？」

花井が他の三人に、窺うように訊く。

「塀をよじ登ろう」

篠崎小説家チーフがさも当然といった感じで言った。そんなことしたら、建造物侵入罪ではないか。法学部の篠崎小説家チーフがそんなことわからないはずがない。しかも、花井は未成年だが、他の三人はもう成人している年齢だ。が、どうやら場の雰囲気は酒の酔いも手伝って、もはや引っ込みのつかない様相を呈していた。一番年長者の篠崎小説家チーフが言い張っているのも大きい。私たちはあえて愚を犯すことになるのか……。

「やりましょう、やりましょう」

関田が軽い調子のやけくそ気味で賛同した。そして、門の横の塀をよじ登り始めた。犯罪行為だが、やるしかない。次に花井、そして私、篠崎小説家チーフの順で塀を登り、敷地内に着地した。

辺りは暗闇だ。墓地の中、どこに太宰の墓があるかわからない。私たちは音を立てないように、動き回った。

「ありました」

花井が見つけたようで、小さな声で報告した。黒っぽい墓石で、花が供えられており、確かにそれは太宰治の墓だった。私たち四人は静かに手を合わせた。そしてさも当然といった感じで、再び塀をよじ登って、境内の外へ出た。咎める者が誰もいなかったということは幸運だったというべきか。そのまま四人で新宿まで行き、二十四時間営業の喫茶店で始発電車が動き出すまで、私たちは自分たちが行った武勇伝を興奮しながら語り明かしていた。

塾講師

私は後期の学費納入のため、お金を稼がねばならなかった。私にあるのは大学三年生だというやや中途半端な身分と野球で鍛えた丈夫な身体だけだった。稼ぎ時の夏休みを前に、私は学生課のアルバイト募集の貼り紙の中から、塾講師求むというものを見つけた。雇い主は北区ゼミナールという学習塾で、そこでは、ひと夏中学三年生の講師を勤めると、三十万近い報酬を払うという。私はそれに飛びついた。

まず七月に模擬授業が行われ、そこで講師としての訓練を受けることになった。その間ももちろん報酬を受け取ることができる。私は英語の授業を受け持つことにした。自分自身まだ学生なのに、先生と呼ばれることは面映ゆい感じがした。

「生徒のため、一生懸命やってください」

私たちの指導役の専任講師が力を込めて言った。生徒たちの人生がかかっているのですから、とも。

非常勤講師として集められた大学生は二十名余りで、それぞれが担任として約三十名のクラスを受け持って授業を行うのが北区ゼミナールのスタイルだった。言わば、夏休み中の学校という感じだった。この塾の講師として集まった大学生の中に、富山城南で私と同期で野球部を途中でリタイアした只野《ただの》和弘君がいて、再会したことに私は驚いた。只野君は二浪していて、今J大学の一年生だという。模擬授業では富山訛りを隠さない田舎者の話し方で、皆の爆笑をかっさらっていた。私は恥ずかしくて、そんな真似はできなかった。

七月の下旬から北区の高校の校舎を借りて、実際の授業が始まった。授業は休むことが許されない雰囲気だったので、私は山瀬部長たちと茨城県つくば市での人気小劇団の芝居見物をキャンセルしなければならなかった。

生徒たちは皆、可愛かった。中学三年生というと生意気盛りのように思っていたがそうではなく、素直で純な生徒たちばかりであった。彼ら彼女らはちょうど私の妹と同じ年であった。授業は成績別に分けられたクラス単位で行われた。この塾に来る生徒は学校であまり出来のよろしくない者ばかりのようであった。私は模擬授業でその適性をはかられ、比較的優秀な者の三つのクラスを受け持つことになった。自分で考えて授業をし、テスト問題も作り、ひと夏教員気分を味わった。

大学を卒業して教員になる。今まで漠然と思っていたことが、塾講師として疑似体験をしたことにより、現実味を帯びてきたこととなった。

一人の女子生徒がいた。名前を堂正《どうしょう》美代子といった。美少女の部類に入るだろう。笑うとえくぼができて、より可愛らしさが倍増した。瞳が澄んでいた。彼女は私が受け持つ三つのクラスの中でも最優秀のクラスに属し、そのクラスの中でも私が教える英語では最高の成績を収め、公立の進学校を志望していた。そして、私に好意を寄せていた。恋愛感情だったように思う。私も彼女に目を掛けた。彼女のクラスの授業の時は特に張り切った。塾講師と生徒の禁断の恋だった。何をするわけでもない。指一本触れないあくまでプラトニックな関係だった。

私たち講師は自分たちが大学生であることを生徒に知られてはいけないと塾側から指導されていた。私は身分を偽って仕事をしていることに心苦しさを感じていた。毎日純粋な生徒たちと接しているだけに、なおさらだった。

ひと夏は目くるめく速さで過ぎた。終わり際、私は完全に教員になり切っていた。生徒たちと別れるのが惜しかった。特に堂正美代子と。この頃には、私も彼女に心惹かれていた。

最終日の八月三十一日。北区ゼミナールからは生徒と私的な関係を持つことは当然厳禁とされていたが、私は気持ちを抑えきれず、堂正美代子に家の電話番号を聞いた。彼女はすんなり教えてくれた。翌日、すぐ電話してデートの約束を取り付けた。

九月二日平日の午後二時、渋谷駅の構内で待ち合わせをした。彼女はやって来た。学校を早引きしてきたという。夏期講習中は制服着用だったので、私服姿の彼女はまた新鮮に見えた。

「私と先生、人から見たらどんな関係に見えるかな」

しきりに気にしていた。二人で宮下公園から代々木公園の方まで歩いた。歩きながら、いろいろ話した。彼女は同じ学校のサッカー部に彼氏らしき男子がいるという。でも、子供っぽくて一緒にいてもあまり楽しくないそうだ。

「先生、車持っている？」

「いや、持っていないんだ。免許もない」

「何だ、持っていないのか」

彼女は心底がっかりした様子だった。私も肩を落とした。そうだよな。車ぐらい持っていないと駄目だよな。

夕方まで代々木公園でおしゃべりしながら過ごし、彼女は門限が六時だというので原宿駅から山手線に乗って、私は送っていくことになった。電車の中で、座れなかったので二人とも立っていたのであるが、揺れで倒れないように手を握った。彼女は顔を赤らめていた。私も身体中が熱くなった。

日暮里駅で彼女は降りた。降りて、駅のホームで彼女はいつまでも手を振っていた。電車の中で残った私は照れくさくて下を向いていた。性格もいい子なんだな、とその時思った。それが彼女との最後だった。後日、淋しくて彼女の声が聞きたくて、家に電話したところ、もう電話しないでくれと言われてしまった。何がいけなかったのだろうか。やはり車の一台も持っていなかったのがマイナスポイントだったのだろうか。女性にフラれる連鎖は止まらず、とうとう中学生にまでフラれてしまった。若干のしこりが残った。

　私は夏期講習での生徒たちの成績表を書き上げ、北区ゼミナールから三十万円弱の報酬を受け取り、その大部分を大学に後期の学費として納めた。

　この夏の塾講師としての体験は貴重なものだった。教職課程も履修していた。私は来年教育実習を受ける手続きのため、二年ぶりに富山へ帰省し、母校の富山城南へ顔を出した。卒業してから二年半しか経っていないのに、それ以上の年月が経ったような気がして、ひどく懐かしかった。

　塾講師として忙しい毎日を夏休みの間中過ごしていたが、なんとか新作の小説も書き上げ、私は富山から夏合宿の地、長野県飯田市に向かった。

大人への一歩

　悶々としていた。自分ではどうしようもない強い力が脈々と息づいているような気がした。血の流れが意識できた。理性ではもはや抑えが効かなかった。私は性欲というやつに振り回されていた。セックスがしたくてしたくて、たまらなかった。夜ごとに、夢の中で悩ましい肉体を持った女性が現れ、挑発してきた。その女性の顔がその日によって田堀良美や村岡純子や中谷香里や水寺温子や西原さんに変わっていた。

私には自分の欲求を満たしてくれるパートナーがいなかった。マスターベーションではもはや飽き足りない。そこで、風俗営業店に行くことを決意した。そのことは誰にも相談しなかった。幸い、塾講師で得た軍資金が、潤沢とまではいかないにしても、あった。

その店は大井町駅の近くにあった。以前同じ駅前にある名画座で二本立ての映画を観た帰りに見つけたのであった。そこでは男女の本番性行為が黙認されていた。

私がその店に向かったのはしとしとと雨が降っていた月曜日の午前中だった。いきなり店に入る度胸がなくて、近くを散策し、何度か逡巡してから入店した。入り口から階段で店舗のある二階へと上がった。受付で入浴料を払った。

「ご指名は？」

と訊かれたが、初めてなので、いませんと答えた。応接間で待った。普段吸わない煙草を二本も吸った。

「お待たせしました」

ボーイに促され、席を立った。上へと続く階段の下で、泡姫は待っていた。腕を組んでもらって階段を上がり、三階の個室に入った。二十代半ばの年上のお姉さんといった感じの女性だった。杉山さんといった。口元の銀歯が光っていた。

「初めてなんです」

私は恥ずかしげに言った。

「そう、幾つ？」

「二十歳です」

「私の弟と同じくらいね」

二人して、服を脱いだ。杉山さんは豊満な肉体を持っていた。私の下半身は素早く反応し、早くも元気になっていた。一緒に湯船につかった。彼女は私の下半身を口に含んでくれた。

湯船から上がり、身体を拭いてもらい、そのままベッドに横たわった。少し話をした後、明かりを薄暗くして、本番行為が始まった。私の下半身にコンドームが装着された。杉山さんのリードで、騎乗位から、正常位、後背位と体位を変えた。果てた。記念すべき初体験が終わった。

あ、こんなものか、というのが正直な感想だった。果てた後も私の下半身はまだ元気だった。

「今日はもう時間がないけど、今度来た時は二回戦しましょうね」

杉山さんが優しく言った。

私は服を着て、既定のサービス料を彼女に払った。個室を出て、そそくさと店を後にした。

一つ、大人になった。そんな実感が湧いた。

午後から大学へ行くと、文芸部の部室に篠崎小説家チーフが一人いた。私は早速報告した。

「おまえ、そんな下品な店に行くなよ」

からかわれた。それでも、これで私の人生において、何かが変わってくれるきっかけになってくれればいいと思った。

鴻鵠《こうこく》の夢

この年の「KG文学」に、私の作品が掲載されることになった。春合宿で発表した歴史小説『鴻鵠《こうこく》の夢』がそれである。作品が評価されたというより、私が現役では最上級生であるからという忖度によっての選出であったように思う。私としても決して自信満々の作品ではなかったものの、とりあえずは素直に喜んだ。学園祭では中堅男性作家を講演会の講師として呼び、毎年恒例の部員による寸劇では山瀬部長が作・演出、主演を務めることになった。山瀬部長の文芸部に対する貢献度を考えると、誰も文句が言えなかった。秋の文芸部の活動は例年通り同人誌の発行と寸劇の稽古に費やされた。初めて校正作業を行った「KG文学」最新号が出来上がり、自分の作品が活字になった時は感無量だった。寸劇では私は途中で劇中死を遂げてしまうが、準主役の役どころだった。

学園祭は、滞りなく終了した。三年目で初めて講演会と寸劇ともフルに参加し、充実した気分になれた。OB、OGが駆けつけてきてくれた。西原さんも来ていた。相変わらずきれいだった。

この学園祭をもって、私は現役文芸部部員生活を引退することになった。仕事で制約され、満足な活動ができなかった時間が多かったので不完全燃焼気味だった。まだまだ創作意欲は失っていなかった。

新しい部長には関田が就いた。花井が小説家チーフになった。

大学の経済的困窮学生への支援制度として、十二万円の奨学金をもらい受けた。このお金で大家の許可を取って、部屋に電話線を引いた。これでなんとか人並みの生活ができそうだった。

私は講義のない時間は文芸部の部室でダラダラ過ごし、面子が集まれば雀荘に行き、苦学生のくせに他の大学生と変わらぬ怠惰なキャンパスライフを満喫していた。

夏休みの間中は塾講師をしていたため中断していたが、秋からは再び道路交通警備員をしていた。ただ、季節が深まってくると、夜間はかなりの寒さになり、堪えられなくなってきた。そこで、アルバイト情報誌で見つけたホテル警備員の仕事に鞍替えすることにした。室内なので寒さをしのげるし、道路交通警備員と同じ警備の仕事だから経験も活かせて、楽にこなせると思った。

　私が勤務するホテルは品川駅の近くにあるシティホテルだった。制服制帽を貸与され、身だしなみに気をつけるようにと注意され、勤務に就いた。仕事は案の定と言うべきか、今までのものに比べると楽な方だった。特別なことはせず、ホテル内を定期的に巡回し、存在そのものを周囲に見せる仕事だった。巡回していない時は警備員室に待機し、テレビを観たり好きな本を読んでいたりすることができた。働く時間は大学に通っている関係で夜八時から翌朝八時までの勤務にしてもらい、日当五千円だった。早番と遅番があり、早番は午後十時から、遅番は午前二時から、それぞれ四時間ずつ仮眠の時間が取れた。廉価でホテル従業員用の食事ができた。同じく従業員用の風呂も無料で利用できた。私のそれまでの生活と比べてみると、至れり尽くせりといった気がした。ローテーションが組まれ、週に四日勤務した。ホテル最上階の三十階にあるラウンジを朝方巡回中、窓から見える朝焼けの太平洋の海原がまた絶景だった。地上三十階、地下二階の鉄筋コンクリート造りの建物であったが、意外と安普請らしく、通路を巡回していると部屋の中の声や音が漏れていた。十七階のハネムーンルームの前では男女の営みの喘ぎ声がよく聞こえてきた。私と年の近い二十代の若者が多い職場だった。自衛隊上がりの者がいた。少年院帰りの者もいた。私と同じ学生アルバイトもいた。もう大学を卒業したが、ブラブラしている者もいた。

　ホテル警備員の仕事と同時に、家庭教師の仕事も始めた。大学の学生課の貼り紙を見たのであるが、こちらは担当した高校一年生の男子と折り合いが悪く、現代国語を教えて欲しいとのことだったが、何をどう教えればいいか要領がつかめず。結局一ヵ月でお払い箱になった。それで、ホテル警備員に専念することにした。

年内冬休みまでホテル警備員で過ごし、冬休みは北区ゼミナールで冬期講習の臨時講師として雇ってもらった。また堂正美代子と会えるのではないかということを期待してのことである。だが、冬期講習では私は中学二年生の受け持ちに配置され、彼女とは会えずじまいであった。お正月は自分の部屋に一人いてもしょうがないので、警備員の仕事を回してもらい、少しでもお金を稼ぐことにした。富山には帰省しなかった。

春休みはどうしようか。テスト期間が終わり、考えた。四年目の学費を稼がねばならぬ。ホテル警備員では週四日ぐらいしか働けないので、稼ぎが今一つ心許なかった。クラスメートはそろそろ卒業後の就職活動に本腰を入れ始める時期である。でも私は毎日の生活費と四年目の学費をいかに稼ぎ出すかということしか頭になかった。

新聞広告で、出版取次会社の倉庫整理の仕事を見つけた。これならば、毎日働けそうで、二ヵ月弱という短期間で三十万円近くのまとまったお金が稼げそうである。うってつけだと思った。早速応募し、働くことになった。週六日、一日朝九時から五時まで働いて、日当五千五百円だった。

だが、この仕事が意外と苦痛だった。単純作業の連続でつまらない上に、寒々とした倉庫に一人か二人で閉じ込められ、厳しい監視のもと、話すことは業務上のこと以外許されず、休憩時間も短く、黙々とほとんど休まず働き続けなければならなかった。季節的なこともあり、あまりに寒かったものだから、私は風邪を引いてしまった。おかげで、三、四日、仕事を休まなければならなかった。風邪は医者に行くとお金がかかるので、卵酒を飲んで静養して自力で治した。そんなこともあり、思っていたよりお金が貯まらなかった。

三月一日。私の二十一回目の誕生日。朗報がもたらされた。母から電話があった。

「あなた、頑張っているから、四年目の最後の学費はこちらで払いますよ」

ありがたい申し出だった。世間は好景気に浮かれていて、田舎の小さな町の時計屋もその恩恵を受けたのか、多少なりとも経済的に潤っているらしい。その申し出に久々に親の愛を感じることができた。快く受けることにした。もうそんなに頑張って仕事をする必要がない。生活費だけ稼げば、十分なのだ。私は気が楽になった。仕事に向けていた労力を軽減させ、その分を新作の小説執筆に傾けた。文芸部員を現役引退したが、春合宿に作品を持参し、発表するつもりだった。

悪い出来事もあった。三月は公立高校の合格発表のある月でもある。私は堂正美代子が志望校に合格できたか気になって、彼女の家に電話してしまった。

「あなたに何の関係があるのですか?」

冷たく言い放たれてしまった。その上で北区ゼミナールにも私が電話したことが伝えられ、私は呼び出しを食らい、説教された。本来ならば契約違反で違約金を払わせられるところだったが、私の勤務態度が良かったおかげか特別に許された。ただ、今後北区ゼミナールには一切出入りを禁止するとの申し渡しがあった。私は自分がしでかしたこととはいえ、自分の妹と同じ年の少女に振り回されたことを大変恥ずかしく、なおかつ情けなく思った。

この年は卒業式が行われている大学へ行き、先輩たちを労った。岩賀さんはコンピュータ販売会社に就職し、野本元部長兼小説家チーフは埼玉県の私立中学、谷田元詩人チーフは愛媛県の公立高校、徳山さんは北海道北見市の公立中学の教員になるそうだ。

三月下旬、新作の作品を書き上げ、一日遅れで春合宿の地、伊豆下田に向かった。山瀬元部長と篠崎元小説家チーフも来ていた。山瀬元部長も作品を持参していた。篠崎元小説家チーフは持ってこなかったが、昨年「ＫＧ文学」に掲載された作品が商業文芸誌の同人誌評で心に残った一品として、名前が挙げられていた。私の今回の作品は、下級生の現役部員が変に気遣いしたのか、好評だった。

春合宿終了後、皆と別行動で関西へ向かった。春の選抜大会で、北信越代表の富山県立新港《しんこう》高校が一回戦から優勝候補を次々と撃破する殊勲を上げ、ベスト４に進出していた。私は富山県の元高校球児として、その快進撃を見届けようと甲子園球場に赴いた。実際に生で観た甲子園球場は思っていたより狭い印象を受けた。ただ応援の輪の中にいると、試合の熱気が十二分に感じられた。

高校野球はやっぱりいいな。教員になって、野球部の監督になり、教え子と甲子園を目指す。そういった人生もいいな、と改めて思った。

関西から富山に帰り、久々に家族と会った。妹が県立高校に入学した。高校でもソフトボール部に入るつもりだというので、お祝いにスパイクを買ってやった。

それから、東京に戻った。再びホテル警備員の仕事に従事した。

最後の一年

昭和六十一年四月。大学四年生になった。成績表をもらい、三年時に履修した単位は教職課程も含めてすべて取得したことを確認した。最上級生ということで、文芸部のサークル内ではもてはやされた。体育会系の部ほどではなかったが、まるで天下でも取ったような気分になれた。

文芸部に面白い新入生が飛び込んできた。名前を高水優《たかみずまさる》という。千葉県市川市出身。一浪して法学部に入学してきた。入部希望者として、いきなり女連れで文芸部の部室にやって来た。よくしゃべる男だった。机に向かって文章を書くより、弁論部かもしくは何かのセールスマンにさせたら面白そうな人材だった。私は彼の型破りの言動がかつての自分と重なり合うことを感じ、興味を持った。

「僕は中国という国が好きなんです。四千年の歴史のある国、今は経済的に日本に後れを取っているけど、向こう二千年で追いつこうとする雄大な姿勢、素晴らしいと思いませんか？」

高水は熱弁を振るう。

「二千年もあれば、日本はさらにその先に行っているさ」

私は答えた。

高水も私になついてきた。その新入生らしからぬ振る舞いが目立つことから、二年生の花井小説家チーフや朝田から睨まれ始めただけに、私を庇護者、風よけに好都合とでも思ったのだろう。高水とは四年生と一年生という学年の垣根を越えて、急速に親しくなった。

高水は私の汚い部屋によく遊びに来るようになった。夜通し、語り合うことがしばしばあった。

「先輩、彼女はいるんですか？」

「いないよ」

私は努めて冷静に言った。

「僕もこれといった彼女はいないのですが……」

高水は社交家らしく、常に複数の女の子と電話で話したり、デートしたりしていた。私の部屋で長電話することがしょっちゅうだった。おかげで、電話代がかさんだ。私に自分の彼女ではないが親しくしている女の子を紹介してくれたりもした。女好きという点では私より上手だったようだ。市川市南行徳の実家に招待され、泊まりに行ったこともあった。高水の家族は私の家と同じで、父、母、妹の四人家族で、郊外のニューファミリーといった風情があった。高水とは一緒によく酒を飲みに行ったりもした。

高水の他に、五人もの新入部員が入って来た。白岩正一。静岡県静岡市出身の小柄な十八歳。国文科。夢枕獏が好き。新田淳。大阪市東大阪市出身の二十一歳。三浪もしているので、私と同じ年。国文科。元就鳴子《もとなりなるこ》。埼玉県浦和出身。アバンギャルド的な存在の十八歳。国文科。河石綾子。神奈川県横浜出身の十八歳。資産家の令嬢。国文科。林湖子《ここ》。千葉県松戸市出身で、一浪した十九歳。長身。史学科。

私は高水の社交性を武器にして、あくまで文芸部内ではあるが仲が良い同士を集い、「金井ファミリー」なる一大勢力を作り上げた。

「金井さんはグレートですね」

主に高水と同じ一年生の後輩たちがそう言って、仲間に加わった。私は神輿の上に担ぎ上げられた感じで、いい気になっていた。この頃二年の辻川の紹介で、志摩房《しまふさ》真紀という史学科二年生が文芸部に出入りするようになった。彼女は金井ファミリーの一員で、私に関心があるのか、急接近してきた。ぽっちゃりとした宮城県仙台市出身の二十歳で、東北の大学教授の娘だった。私は来る者は拒まずの姿勢で、彼女を受け入れた。

昼間、彼女とデートした時のこと。宮下公園のベンチで会話していた。話が途切れた時、

「キスしていい？」

と、さりげなく訊いた。

「どうぞ」

と、彼女は答えた。目を閉じて、私を受け止めてくれた。私たちは口づけを交わした。それが私のファーストキスだった。その後は言葉を交わすことなく、そのまま別れた。

今まで仕事で大学生生活に制限がかかっていた鬱憤を晴らすかのように、私は最後の一年を十二分に楽しもうと思っていた。

教育実習

六月の初めから、母校の富山城南での教育実習に参加した。同じ実習生に野球部のチームメートだった八番センターの本山君が来ていた。高校を卒業して以来の再会だった。本山君は埼玉のD大学に進学したのであるが、大学でも硬式野球を続け、選手としては大成できず、四年生の今はマネージャーをしているという。

富山城南は私が卒業してから三年と少ししか経っていないのに、様変わりしていた。野球部の牧田監督や三年時担任だった田中先生も転任し、教師陣の顔触れは大きく変動していて、全体的に若返っていた。私が卒業後、野球部は弱体化したようで、昨年の公式戦はすべて一回戦敗退だったようだ。私は自分が野球をやっていたことがかなり昔のように感じられ、大学に入り文筆活動をしている現状からすると、信じられないと思うほどだった。

授業では日本史を受け持った。二年生と三年生を教えた。塾講師の経験があったので、授業は堂々と、さしたる緊張もせずこなすことができた。先生と呼ばれることにも抵抗がなかった。

教育実習は二週間だったが、期間中クラス対抗の球技大会があり、私は教え子たちの各種目を見て回った。声を張り上げて応援したおかげかどうか知らないが、私の担任クラスの二年五組は男子バレーボール競技で優勝を果たした。生徒から感謝され、恐縮した。

放課後、野球部の練習にも顔を出した。土曜日、紅白戦をやるというので、主審を務めた。野球からだいぶ離れていたので、勘を取り戻すのに少し苦労した。日曜日、近くの高校で練習試合をやるというので、そこにも顔を出した。同じ野球部だった私と本山君が教育実習に来ているというので、かつてのチームメート、林君と草場君も来た。林君は地方銀行、草場君は地元企業のそれぞれ入社四年目の社会人である。林君は彼女を連れて車で来ていた。草場君は高校時代から付き合っていた彼女とは別れたそうで、一人で車で来ていた。

教育実習生は、ＫＳ大学の谷内紘一さんを中心にまとまっていた。谷内さんは元バスケットボール部キャプテンにして、運動会では白虎隊の応援団長だった。私の一学年上で、一浪していた。最終日の夜には富山市内のとんかつ屋で打ち上げを行った。教育実習は大変だったけど、それはそれで楽しかった。最終日に、担任したクラスの生徒から花束をもらった。東京に帰り、また一学生に戻った。

出版社の門をたたく

「先輩、好きな作家は誰ですか？」

高水が訊く。

「丸山健二」

私は即答した。作品は瑞々しい感性に満ち溢れているように感じ、エッセイなどでの過激なメッセージが刺激的で、当時傾倒していた。

「そうですか。現代的ですね。僕は太宰治。誕生日が一緒なんです」

私は前年の桜桃忌の夜に、禅林寺に忍び込んだことを思い出した。あれから早くも一年近く経つのだ。

「先輩、今度出版社に作品を持ち込みましょうよ」

高水はそう言って、本当に出版社の編集者との面談の約束を取り付けてきた。純文学誌から漫画雑誌まで手掛ける大手総合出版社の、なぜか小説ではなく、青年漫画誌の編集部に漫画の原作を持ち込むことになっていた。私は最初取り合わなかったが、これも酔狂ではないかと思い、話に乗った。新たに書き下ろす時間がなかったので、私は自分がこれまで書いてきた作品の中で最も漫画に近い雰囲気の作品をリライトした。二人で大手総合出版社に行った。

担当の編集者は冷やかし半分の私たちを丁寧に応対してくれた。一旦預かってもらい、作品を読んでもらうことになった。どうせ読まずにゴミ箱行きだろうなと思っていたら、翌日の夜、「面白かったよ」と応対してくれた編集者から電話があり、また来て欲しいと言われた。高水には電話がかかってきていないという。私だけなのだ。

のぼせ上がった私は、その翌日またのこのこ出かけていった。そこで、本物のプロの漫画原作者の原稿を見せてもらった。

「漫画の原作はこのように書くんだよ」

コマ割りを細かく指定してあるシナリオ形式の原稿だった。私はただただ、感心していた。

「大学を卒業したら、どうするの？」

と訊かれ、

「就職するつもりです」

と思ってもいない答えを発した。

「そう。でも、もし本気で漫画原作者を目指すのならば、また作品を書いて持ってきてよ。漫画原作者は三十歳くらいでデビューする人も大勢いる世界だからさ」

「はあ……」

私にはそうなる実感がまるで湧かなかった。就職する気も本当はなかった。依然日々を暮らしていくことで精一杯だった。まだホテル警備員を続け、細々と生計を立てていた。将来のことは、とりあえず東京都と富山県の公立教職員採用試験を受けるつもりだった。その他のことを私は何も考えていなかった。

その日はそれで退散した。

意気軒昂

夏。予定通り東京都と富山県の公立教職員採用試験を受けるだけ受けた。一次の筆記試験。勉強らしい勉強をほとんどしていなかったので、受かったら奇跡だと思っていた。案の定、二つとも落ちた。まあ、しょうがないか。さばさばしていた。

文芸部の一年生の林湖子から、遺跡発掘作業員の仕事の紹介を受けた。場所は千代田区紀尾井町。以前水寺温子からも、「お金が稼げるから」と発掘調査の仕事の紹介を受けたことがあったが、その時は遠方だったので従事することを断念していた。今回は自宅のある目黒区から電車で通える。二つ返事で引き受けることにした。日当六千円。雇い主は千代田区教育委員会だった。他のクラスメートが卒業後の就職活動に奔走しているというのに、私はアルバイトに明け暮れる夏休みを送ることになった。私は史学科の学生だったから、少しは学術的な仕事をした方がいいとの判断も働き、ホテル警備員から鞍替えすることにした。毎日働けるのも魅力的だった。考古学に対する興味も少しあった。

発掘現場には、私と同じアルバイト大学生がいっぱいいた。女子も多かった。お近づきになれるのでは、と期待した。志摩房真紀とはあれから気まずい雰囲気になり、彼女はいつの間にか私から遠ざかっていた。ホテル警備員時代に知り合いになったＴＹ大学を卒業後ぶらぶらしているという二十五歳の牧岡正二さんも在学中は史学科だったそうで、一緒に働きませんかと誘うと応じてくれた。夏の間中、私は泥と汗にまみれた。夏休み終了後も生活費捻出のために続ける意向だった。

四年生で履修している単位を取得すれば、卒業ができる見込みだった。あとは卒論を書かなければならなかった。卒論の担当教授は三年時の一次と四年時の二次では変更になった。希望担当教授が長期出張のためである。時代区分は日本近世史で、一次で私は興味のあった宮本武蔵の史実について書きたいと思い、代理教授にOKをもらったが、二次で本来の希望教授に資料的に乏しいとの理由で却下されてしまった。

「君は富山県出身だろ。だったら、佐々成政の研究をしたまえ」

一喝され、私は織豊政権における佐々成政が果たした役割について論文を書くことになった。文芸部で鍛えたので、文章を書くのは得意な方である。秋口から資料を集め、教授に指導を仰ぎながら、卒論ゼミ合宿も九月に経験し、同じゼミ仲間と励まし合いながら、なんとか締め切り直前の十二月十日に八十枚ぐらいの卒論を仕上げて提出した。その間、四度目の学園祭では関田部長の要請でOBの身ながら寸劇にも出演した。講演会では老評論家の話を聞いた。

「砂を噛むような生活を三年続ければ、作家になれる」

老評論家は言っていた。

文芸部では、代替わりの時期が来て、関田部長の後は朝田が部長になった。私は卒論の執筆と発掘現場でのアルバイトに忙しく、あまり部室にも顔を出さなくなった。高水とは相変わらずつるんでいたが、人生の次のステップへと進むべきだと考えていた。

卒論の執筆で勢いがついたのだろうか。私は提出した翌日から猛烈に創作意欲が高まり、今までの自分の人生を振り返る自分史を書き始めた。これは自分の身の上に起こった事実を基にして書き進めたが、すべて本当のことだと何か恥ずかしい気がしたので、ところどころフィクションを織り交ぜ、あくまで小説という形をとった。まず大学ノートに下書きを始めた。筆がかなりのスピードで進んだ。私は仕事以外の時は部屋にこもり、書き続けた。


年末年始は富山に帰省した。正月を富山で迎えるのは、高校生時分以来である。

「大学は卒業できそうか?」

と父に訊かれ、

「わからない」

と答えた。卒論の面談と、何科目か単位を取らなければ卒業できない状況だった。

「大学を卒業したら、どうするつもりだ?」

となおも訊かれたので、

「教員採用試験をもう一度受けるつもりだ」

と面倒くさそうに答えておいた。でも、そのための勉強は全然しておらず、自分史を書くことに熱中していた。実家は依然として細々と時計店を経営していたが、長男である私に富山に帰って家業を手伝う考えはなかった。現実的ではなかったからだ。私は手先の器用さが求められる時計の修理、その中でも最も簡単な電池交換さえできなかったし、自分の性格からして商売人には不向きだと思っていた。魅力のある東京でもう少し頑張りたいという気持ちもあった。

中学三年時のクラス会があったので、出席した。縞草君も来ていた。まだ地元の国立大学の一年生で、その上で今年の留年が確定しているのだという。しきりに女子に色目を使っていた。中学生の時からの面影があまりなく、大きく変貌を遂げた者もいた。女子にはほとんど彼氏がいるという。もう結婚している者さえいた。人それぞれ、月日の流れるのは早いものだ。私は二次会のカラオケで流行歌を熱唱して、場を盛り上げていた。

一月の中旬に、卒論の面談があり、担当教授から資料である漢文の読みが正確にできていないことを指摘された。それでも卒論は良判定で受理された。必要単位科目のテストも無事終了した。

発掘現場の彼女

二月初旬、大学の学生課より、卒業に必要な単位を満たしたとの通知があり、私の今年度での卒業が確定した。一年生の時単位を大幅に落とした時はどうなるものかと思っていたが、通常の四年で卒業できることになった。苦労した甲斐があったというものだ。学業の成績は超低空飛行であったが、自分では頑張ったつもりだ。残る三月二十五日の卒業式までの日々をいかに過ごすかである。クラスメートで卒業が確定した者の中にはヨーロッパに卒業旅行に行く者も多かった。私は自分史の執筆と発掘現場での作業に勤しむことにした。

私が発掘現場に通うのは生活費を捻出するためだけではなかった。この卒業間際に来て、考古学の学問に目覚めたためでもなかった。私は同じ発掘現場で働く一人の女子に恋していた。

彼女の名前は矢倉香織といった。G大学の二年生だった。年は私と同学年の二十二歳だが、最初TY大学に入学し、二年で中退した後、G大学に入り直していたため、二年生ということであった。父親が著名な考古学者で、典型的なお嬢様だった。すらっとした体形で、髪が肩まで伸びていて、微笑むと辺り一面が光り輝くような感じがした。近くによると、いい匂いがした。お茶を飲む仕草一つ一つとっても、育ちの良さがうかがえた。大学では美術部に入っているという。父親の伝《つて》により、発掘現場で働き出した。汗臭い私たち作業員と違って、プレハブ小屋内で遺跡を選別洗浄する内勤者として働いていた。

彼女を狙っていた者は他にもいた。特に熱心だったのは、W大学第一文学部史学科の二年生で、考古学研究会所属の米澤武彦、長野県佐久市出身の二十一歳だった。眼鏡をかけた人の良さそうな純情な男だった。矢倉香織には満足に話しかけることさえできない様子だった。発掘現場の仲間は皆、米澤が彼女のことを好きであることがわかっていた。わかっていて、応援する者、茶化す者、傍観する者、邪魔をしようとする者、様々いた。

私は最初応援しようかと思っていた。そのつもりで彼女に接していたら、いつの間にか彼女の魅力に負けて、恋の虜になっていた。もう彼女に夢中になった。大学卒業後の身の振り方などどうでもよかった。少しでも長く彼女と一緒に居たかった。彼女と同じ空間で、同じ空気が吸えるだけで満足だった。

三月一日。私の二十二回目の誕生祝いも兼ねて、発掘現場のアルバイトたちで飲み会が催された。矢倉香織も参加してくれた。その場で、私は酔った勢いで、米澤を差し置いて彼女に猛アタックした。

「金井さん、今日の主賓だからって、話が違うじゃないですか」

この時、私も彼女を狙っていることが皆に露呈した。彼女は黙って微笑んでいた。もうお構いなしだった。私はその日から正式に米澤の恋のライバルとなった。

矢倉香織を振り向かせるにはどうしたらいいだろう。私は真剣に考えた。私はただの貧乏学生だ。卒業後の進路さえ決まっていない。それに引き替え、彼女は明らかに高嶺の花だ。私のセールスポイントは何だろう。

小説を書くこと。それしかないように思えた。彼女は三月いっぱいで発掘現場をやめ、四月からは学業に専念するという。それまでに彼女に私の書いた小説を渡し、読んでもらおう。その小説に私の思いのたけをぶつけよう。私は書き続けている自分史と並行して、彼女に渡す小説も書き始めた。

卒業式

三月二十五日。ＫＧ大学卒業式の日。思えば入学してから新聞配達やその後いろいろな仕事で食いつなぎながら学び、とうとうこの日を迎えた。四年目の学費は親に払ってもらったが、ほぼ自力で卒業できた。感無量だった。在学中は正規の授業よりもサークル活動に熱中し、小説を書くことに心血を注いできたものだ。だが、この日私はクラスメートや文芸部の仲間と別れを惜しむより、早く発掘現場に行き、矢倉香織に会いたかった。文芸部の部室に立ち寄り顔を見せ、後輩たちに祝福され、餞別の品などをもらったりしたが、早々に立ち去ろうとした。

「金井、それはないだろう」

同じく卒業する山瀬元部長は憤慨していた。大学生時代のほとんどの時間を共有してきた仲なのに、冷たいというのである。確かにそうかもしれない。それでも私の気持ちは矢倉香織に一途であった。文芸部関係者では広塚君も卒業を決めた。大学を卒業後の進路は山瀬元部長が私と同じで未定、広塚君は京都府の公立高校の非常勤講師になる予定だった。篠崎元小説家チーフは留年することになっていた。

名残を惜しむ同期生や後輩たちを振り切って、私はアルバイトの発掘現場に向かった。

「おめでとう」

ここでも皆、祝福してくれた。矢倉香織も記念だからと言って、一緒に写真におさまってくれた。三月三十一日に矢倉香織の送別会を開くことが決定した。私はその時小説を渡すことにした。作品は四百字詰め原稿用紙五枚の掌編小説で、すでに脱稿していた。

三月三十一日。決戦の時。飲み会の席決めのくじ引きで、天のいたずらか、矢倉香織を挟んで私と米澤が隣り合うことになった。米澤はドギマギしていたが、私は余裕綽々だった。小説を渡せば勝機はあると思っていた。小説の題名は「ＫＡＯＲＩ」だった。

矢倉香織をめぐって、私と米澤の動向が周囲の注目を集めたが、飲み会のしょっぱなに私は小説を渡してから席を離れて飲み、彼女を傍観する姿勢を見せた。米澤は彼女を映画に誘ったが、断られたようだ。それから最後だからといって、どさくさに紛れて彼女に告白する者が何人かいたが、すべて玉砕したみたいだ。私は当初の目的を果たし、その夜は満足だった。飲み会の幹事が気を利かしたのか、発掘現場メンバーの名簿を作成しており、それに矢倉香織の家の電話番号も記載されていた。

三日後、彼女に電話した。彼女が観たいと言っていた美術展に誘った。私は新聞専売所の伝を使って無料招待券を二枚手に入れていた。絶対誘いに乗ってくれる自信があった。

「私の名前の小説を書いてくれたから」

彼女は二つ返事で一緒に美術展に行ってくれることを了承した。私は天にも昇る気持ちだった。

日曜日の午前十時。待ち合わせの上野駅改札口で彼女を待っていると、現れた。人混みの中に居てもその美貌は群を抜いていた。二人で並んで目的の美術館へ行った。展示されている絵画や彫刻品など、私にはどうでもよかった。彼女と一緒に居られればそれでよかった。

ひと通り観終わった後、喫茶室でコーヒーを飲んだ。私は語った。これまでの自分のことを。それは執筆中の自分史の内容そのものだった。彼女は時折笑みを浮かべながら、聞き入ってくれた。至福のひと時だった。

「大学を卒業して、これからどうするの？」

と、彼女が訊くので、

「教員採用試験を受けるつもりだ」

と、ここでもそう答えた。

昼食時になったので、アメ横にある有名なカレー専門店へ行った。二人して、ヒーハー言いながら馬鹿辛いカレーセットを食べた。勘定は私が払った。

まだまだ一緒に居たかったが、彼女が大学に用があるというので、電車に乗り、送っていくことにした。

山手線の車内。もうすぐ彼女の大学の最寄り駅に着こうかとした時、私は意を決して言った。

「また、電話してもいいですか?」

「電話ならば」

彼女は言った。一回きりではなかった。拒まれなかった。私は安心した。

「今度、車の免許を取りに合宿に行くつもりです」

彼女が降りる際、私は宣言した。その言葉は嘘ではなかった。夏の教員採用試験までまだ期日がある。この間に車の普通免許ぐらい取っておこうと思った。一度通いで挫折した経験があるので、今度は集中して免許取得を目指す合宿に行こうと考えていた。

翌日、まだ返納していなかった大学の生協会員の特典を生かし、ローンを組み、栃木県の那須での合宿免許取得コースを申し込んだ。その間は合宿だから、生活費の心配はしなくてもよいのである。すべて込みである。私は免許を取得した後、矢倉香織とドライブデートすることを夢見ていた。合宿で免許を取得している間、発掘現場の方のアルバイトは休ませてもらうことにした。

最短二週間で免許が取得できるという合宿コースだったが、私は不器用さが災いして一ヵ月かかってしまった。仮免許の学科試験は一発でパスしたものの、技能試験に三回落ちた。それでもゴールデンウィーク明けには免許を取得することができた。東京に戻り、鮫洲の運転免許センターで、最後の学科試験にパスし、実際に免許証を手にした時は、喜びもひとしおだった。早く矢倉香織にそのことを報告したいと思った。合宿期間中、一度だけ那須から彼女に電話したことがあった。

「私のことはほっといてください」

と、素っ気ない対応だった。私は那須からの土産物もあったので、彼女に会いたかった。東京の自分の部屋から、改めて電話した。彼女は渋々会ってくれることになった。

約束の日、彼女は待ち合わせの大泉学園駅前に十五分遅れてやって来た。

「私のことはほっといてくださいと言ったのに……」

不機嫌だった。それはそれで可愛げがあった。私は那須での日々の出来事を語った。彼女は終始愛想がなかった。土産物の蜂蜜飴を渡し、三十分ぐらいで別れた。彼女はなかなかどうして、難攻不落のようだった。

最終章　世に出る前

就職

千代田区紀尾井町での発掘現場作業員のアルバイト生活に戻った。

「この現場、六月いっぱいで終了だってよ」

そのニュースがもたらされたのは、復帰してすぐのことだった。作業員を続けるには、別の現場に移らなければならなくなった。もしくは私の選択として、他の仕事を探すしかなかった。千代田区の教育委員会から別の現場を紹介されたが、私が住む都心の目黒区から程遠い東京郊外だった。通うには不可能に近い場所にあった。

その頃、私は新聞広告で面白そうな仕事の求人募集を見つけた。株式会社スタジオワンという小さな出版社で、編集と総務を募集していた。そして、その会社の社長名が、鴻《こうの》池和男《いけかずお》とあった。

鴻池和男。その名前に見覚えがあった。昨年高水と一緒に漫画原作を持ち込んだ際、プロの漫画原作者の原稿を見せられたのであるが、それが鴻池和男の原稿だった。私の心が動いた。何か目に見えない力に導かれているような気がした。応募資格として、三十歳ぐらいまでで、要普通免許、大卒以上とあった。私はいずれも条件を満たしていた。

私は早速電話し、面接の約束を取り付けた。

面接の日。約束の夕刻。私は一張羅の紺のスーツを着て、株式会社スタジオワンに向かった。その社屋は目黒区にあった。まずは簡単な筆記テストを受けた。面接官は経理部長の沢田正和と名乗る眼鏡をかけた四十代の温厚そうな人物だった。

「編集は経験者しか募集していないんですよ」

私が編集を希望だと言うと、沢田経理部長は心苦しそうに言った。それでは今回の面接は駄目なのかな、と思っていると、

「でも、金井さんは人がよさそうだし、野球ができるんですねえ」

と、感心された。

「はあ……」

この場合、何と言うべきかまごついていると、

「うちの会社でも草野球のチームを持っているんですよ。今度近々大会もありましてね。どうです、総務でうちの会社に入社しませんか」

と提案された。

総務……かあ。私は一瞬判断に迷ったが、

「はい、わかりました。総務をやります」

と答えた。私にしてみれば、取り立てて編集にこだわりがあるわけでもなかった。日々の生活費を稼ぎ出す仕事であれば、何でもよかったのだ。

「それでは次に、総務部長に面接していただきます」

総務部長というのは、白川和恵《かずえ》という四十代の女性だった。後で聞いた話によると、鴻池和夫の実の妹ということだった。沢田経理部長より偉いらしく、職場の主導権を握っていた。

「金井さん、あなた、笑うとまだまだかわいい少年のようだわねえ」

そう言われて恐縮し、私は顔を赤らめていた。簡単な質疑応答があった後、

「私の方はＯＫだわ。あと、社長が何て言うかしらね」

と白川総務部長は言った。

「まだ、時間ある？」

と訊かれ、

「大丈夫です」

と答えた。その日のうちに社長面接もしてしまうつもりのようだった。

「何しろ社長は週刊連載を十本近く持っているから、忙しくてホテルに缶詰め状態なのよ」

白川総務部長は自慢気に言った。どうやら、これからそのホテルに向かうらしい。

私は株式会社スタジオワンの社用ワゴン車に乗せられ、白川総務部長と社長秘書である男性と一緒に鴻池和男が缶詰めになっているという港区芝公園のシティホテルに向かった。

運転手は今年四月に入社したという私と同じ年の総務部員が務めた。三軒茶屋から首都高速に乗ったが、夕方の渋滞に巻き込まれ、車はなかなか進まなかった。途中、車内電話が鳴った。社長秘書が電話を取った。

「すみません、渋滞していまして……」

どうやら、電話の主は鴻池和男らしい。社長秘書は身を小さくして、しきりに弁明していた。

なんとか、ホテルに着いた。

「急いで」

私は白川総務部長に促され、速足でホテルの中を進んだ。

「ここで面接してもらうわ。ちょっと待っていて」

ホテル一階奥の喫茶室に通され、席に着いた。私は目まぐるしく変わる展開に翻弄されると同時に、これまで入ったことのないシティホテルの重厚な雰囲気に圧倒されていた。

それほど暑くはなかったが、汗をかいていた。しばらく待った。

「お待たせしました」

その白川総務部長の声とともに、一人の初老の男性が姿を現した。何か通常の人物ではない、光り輝くようなオーラを醸し出していた。百七十八センチ八十キロの私より恰幅の良い大柄だった。眼鏡をかけていた。それが鴻池和男だった。

「君が金井博信君か」

「………」

私は緊張していた。緊張していて、言葉が出なかった。

「大学時代の思い出を語ってごらん」

そう問われたので、私は普通の学生と違って新聞配達やその他いろいろな仕事をして辛かったと答えた。

「そうか、新聞配達をやっていたのか。あれは俺もやったことがあるけど、大変だよな」

てっきり同情されると思っていた。他の人に話した時は決まってそうだったからだ。だが、鴻池和男は違った。

「でも、おかげで、足腰が強くなっただろ」

なんという前向きな発言をするのだろう。その言葉に、私は心をつかまれた。今までそんなことを言う人に会ったことはなかった。いっぺんで感化されてしまった。

私が何も話せないでいると、

「君はなかなかちょっとやそっとのことでは挫けなさそうな顔をしているから、合格だ」

そう言って、鴻池和男は向こうへ行ってしまった。私は呆気に取られていた。

「金井さん、社長が合格と言ったから、あなたには入社していただくわ。いつから来られる？」

そばで面接の様子を見ていた白川総務部長が言った。今日は五月十五日だった。私は明日からすぐと言われても異存がなかった。私がもじもじして答えに窮していると、

「じゃあ、きりがいいところで、六月の一日から来てください」

と白川総務部長が言った。

「はい、わかりました」

私はやっとのことでそう答えた。面接が終わった。株式会社スタジオワンの正社員に採用され、雇ってもらうことになった。初任給は手取りで十五万円ぐらいだという。ワゴン車で自宅の近くまで送ってもらった。

「総務は、具体的にどんな仕事をすればいいんですか？」

帰りの車中で尋ねた。

「それは入社してから教えるわ」

白川総務部長が答えた。

「入社前に、前もって準備しておくことは何かありますか？」

「そうねえ。鴻池和男の作品をよく読んでおくことね」

そう言われたので、ワゴン車で自宅の近くで降ろしてもらった後、鴻池和夫の作品が連載されている青年漫画誌をコンビニで立ち読みした。

就職先が決まった。私は喜び勇んで、その夜のうちに矢倉香織に電話した。

「教師になるんじゃなかったのですか？」

彼女は当然な質問をした。私は自分の嘘偽りのない正直な気持ちを語った。

「そもそも僕は小説家になりたかったんだ」

鴻池和男は漫画原作の第一人者であるが、小説も書いている。同じ物を書く作家としてくくって考えてみると、学ぶべき点があるのではないか。近くにいると、私にも創作上の何か素晴らしい出来事が起こるのではないかと期待している、と。

「そう、それじゃ、頑張ってください」

彼女は冷たく言って、電話を切った。

私は株式会社スタジオワンに入社して、仕事にも慣れ、生活が安定してきたら、彼女に正式にプロポーズして結婚してもいいと思っていた。でき得ることであれば。お互いの家柄が釣り合わないことは重々承知の上だ。私は彼女が愛おしかった。

脱稿

入社まで、二週間ちょっとあった。その間、私にはやるべきことがあった。自分史の完成だ。那須での合宿中でも大学ノートを持ち込み、書き続けていた。下書きは佳境に差しかかっていた。私は発掘現場にアルバイトに行く以外は部屋にこもり、執筆を進めた。

五月二十一日。下書きが終わった。すぐに原稿用紙への清書にかかった。なんとか入社日までに書き上げたかった。この日、沢田経理部長から電話があり、本当に入社する気があるのか、意思確認がなされた。おそらく面接日から入社日まで期間があったので、心変わりをするのではないかという心配からであろう。

「大丈夫です。入社します」

私は堂々と答えた。

五月三十日、深夜。自分史の清書が終わった。四百字詰め原稿用紙にして、三百四十八枚になった。題名を、『世に出る前』とした。私はこの原稿をちょうど五月末日締め切りの、ある出版社の文学賞に応募することにした。その出版社は受賞作のみならず、応募された作品を多数書籍化することで定評のある中堅出版社だった。

私は生まれてこの方まだ二十二年と少しであったが、この作品に今まで歩んできた人生の足跡を包み隠さず記したつもりだった。間違ったことや恥ずかしいことをたくさんやった。少し誇らしい気になることもやったが、特筆するほどの何かをやり遂げたわけではなく、この出来上がった小説はただ一人の人間が生まれてから学生生活を終えたまでのことを通り一遍に書いただけのものであるのかもしれなかった。けれども、これには確かに私という人間の生きた証が存在していた。随分不格好なものであるかとは思うが。

五月三十一日。発掘現場でのアルバイト最終日。私は千代田区紀尾井町に行く前に郵便局に寄って、原稿を入れた大型封筒を投函した。発掘現場の仕事はいつも通り終わり、夕方私の送別会が開かれた。次の日から出社なので、私は控え目に飲んだ。

夜、早めに布団に入ったが、なかなか寝付けなかった。明日から社会人として、世に出ることになった。今後はどのような出来事が私を待ち受けているだろうか。あれこれいろいろ思いを巡らせた。夜更けまでまんじりともせず、やがて、これからが本格的な人生の始まりなんだという境地に至り、私は眠りについた。

私の人生は、ずっと続いていく。

あとがき

本書『世に出る前』は私にとって、二冊目の著書になる。前作『硬式野球部に入ろう！』は鳥影社から令和元年九月に刊行されており、本を出すのはそれ以来だから、およそ五年振りだ。

一昨年の八月二十九日午前五時三十八分に私の父は老衰で永眠し、それに伴い一緒に商っていた時計店を廃業、店舗兼用だった住宅も売り払い、引っ越しを敢行した。

その前後、私は自分の人生に一区切りをつけるかのように、自分の学生時代をもとに創作した半自叙伝的な小説を猛烈な勢いで書き始めた。それが本書である。途中書いていて、我ながら恥の多い青春時代を送ったものであると呆れ返り、頓挫しかけたことが何度もあった。それでもどうにかこうにか、書き上げることができた。

私は何か人に褒められたことをしたわけではない。ただ自分なりにその時その時精一杯生きてきた。それを記してみたわけだ。四百字詰め原稿用紙に換算すると、三百四十八枚になった。

私は現在五十九歳で、就職してからの人生でもいろいろあったわけだが、恥を上塗りするのは忍びないので、本書では二十二歳までの自分を紹介するに留めたい。続編を書く予定は今のところ、まだよくわからない。そのことは頭のどこか片隅にひっそり置いておくことにしよう。

最後になるが、本書を出版するにあたり、文芸社出版企画部の小野幸久氏と同じく編集部の高島三千子氏及び関係者各位に大変御尽力をいただいたことを感謝したい。

本当にありがとうございました。

令和六年春

内角秀人

著者プロフィール

内角 秀人（ないかく しゅうと）

1965年富山県生まれ。
國學院大學文学部史学科卒業。
文芸同人誌「繋」同人。
他の著書に、『硬式野球部に入ろう！』（鳥影社）がある。

世に出る前

2024年4月15日　初版第1刷発行

著　者　内角 秀人
発行者　瓜谷 綱延
発行所　株式会社文芸社
〒160-0022　東京都新宿区新宿1－10－1
電話　03-5369-3060（代表）
03-5369-2299（販売）

印刷所　株式会社エーヴィスシステムズ

ISBN978-4-286-25189-9